Bruño

PARALELO CERO

Juan Ignacio Luca de Tena, 15
28027 Madrid

ISBN: 978-84-216-3187-4
Depósito legal: M. 38.603-2008

PRIMERA EDICIÓN: marzo 1997
SEGUNDA EDICIÓN: diciembre 1997
TERCERA EDICIÓN: abril 1998
CUARTA EDICIÓN: abril 1999
QUINTA EDICIÓN: septiembre 2000
SEXTA EDICIÓN: diciembre 2000
SÉPTIMA EDICIÓN: diciembre 2001
OCTAVA EDICIÓN: marzo 2003
NOVENA EDICIÓN: febrero 2004
DÉCIMA EDICIÓN: marzo 2005
UNDÉCIMA EDICIÓN: junio 2006
DUODÉCIMA EDICIÓN: enero 2007
DECIMOTERCERA EDICIÓN: septiembre 2007
DECIMOCUARTA EDICIÓN: septiembre 2008

Isabel Antón López

PARALELO CERO

Directora de la colección:
Trini Marull

Edición:
Cristina González

Diseño y cubierta:
Emilio Rebull

PARALELO CERO

Obra seleccionada
en la Lista de Honor
del Premio CCEI 1998

La selva prohibida

Heinz Delam Lagarde

Introducción

DURANTE mi larga estancia en África central tuve la oportunidad de descubrir numerosas tradiciones y leyendas locales que me parecieron curiosas e interesantes. Una de aquellas leyendas, muy extendida en la región ecuatorial próxima a la pequeña ciudad de Boende, habla de un fabuloso talismán: el *biyambá-yambá.* Según la tradición, este objeto mágico permanece guardado por una gran serpiente, que lo conserva en el interior de su cuerpo; si alguien intenta matar al reptil, éste se desprende del talismán proyectándolo con fuerza a gran distancia, para que así nadie pueda hallarlo. Pero el talismán nunca queda abandonado, pues se supone que más tarde vendrá otra serpiente para hacerse cargo de su custodia.

Todos los habitantes de la región ambicionan apoderarse del *biyambá-yambá,* ya que se cree que aquel que lo consiga obtendrá grandes poderes y alcanzará para él y para los suyos prosperidad y felicidad.

En tres ocasiones tuve la suerte de asistir a una de esas búsquedas frenéticas que se producen cada vez que los nativos logran dar muerte a una serpiente de gran tamaño. Entre intrigado y divertido, reconozco haber participado yo mismo en el rastreo, a pesar de no estar muy convencido de la veracidad de tal superstición. Me encantaría poder decir que al fin encontré el talismán y que ahora lo guardo en un lugar a prueba de serpientes, pero tengo que confesar que no fue así. De aquellas experiencias sólo conservo el recuerdo de hombres, mujeres y niños que se pasaban horas e incluso días enteros escudriñando cada palmo de selva con la esperanza de hallar el preciado objeto. Sin embargo, la historia más interesante acerca del mito del *biyambá-yambá* me llegó a través de un curioso personaje que conocí de forma casual.

El encuentro se produjo una tarde que yo me había despistado de mi camino y erraba desorientado a través de la intrincada selva que se extiende al norte del río Ruki, cerca del ecuador. No conozco nada tan penoso y humillante como encontrarse solo y perdido en medio de la selva africana. Me sentía desesperado ante la inminente caída de la oscura noche tropical, y la idea de dormir en pleno bosque sin equipamiento ni armas, sin una protección contra los voraces mosquitos, me ponía la carne de gallina. Así que me alegré sobremanera cuando divisé una fina columna de humo azul que surgía entre los árboles frente a mí. Pensé que se trataría de algún pequeño poblado y que podría guarecerme en una de sus chozas hasta la mañana siguiente. Me apresuré en dirección a la humareda con toda confianza, pues sabía que los habitantes de las pequeñas aldeas del interior suelen ser hospitalarios y cordiales. Aparte de darme cobijo, podrían indicarme el camino para regresar al sendero que me había llevado hasta allí.

Mi sorpresa fue mayúscula cuando llegué al centro de un pequeño calvero donde se alzaba una única y solitaria cabaña. Junto a ella ardía una fogata en la que se asaban unos suculentos filetes de carne cuyo aroma penetró hasta lo más hondo de mis hambrientas entrañas. Miré a mi alrededor en busca del dueño de la vivienda, pero no se veía a nadie por las inmediaciones. En el interior de la choza había una desgastada estera extendida sobre la húmeda tierra y algunas armas y enseres propios de un cazador, pero ni un alma. De no ser por la fogata y la apetitosa carne que se cocinaba en ella, habría pensado que el lugar estaba abandonado desde hacía tiempo. Tuve que hacer grandes esfuerzos para resistir la tentación de engullir la cena del misterioso habitante invisible de aquel lugar perdido, pero me pareció una forma poco cortés de presentarme, así que hice bocina con mis manos y grité en dirección a la selva circundante:

–*¡Mbotee-eeee! ¿Bato nini azalí awaaaaa?*

Estas palabras significan algo parecido a: «¡Holaaa! ¿Hay alguien aquí?» La respuesta no se hizo esperar, y una voz ronca surgió a mi espalda:

–*Ngai nazalí awa.*

–¡Aaaahh! –chillé dando un brinco–. ¿De dónde has salido?

Justo detrás de mí acababa de aparecer un anciano menudo y reseco que me examinaba con la mirada inquisidora de sus ojillos vivaces. Me sentía perplejo, pues hubiese jurado que apenas un segundo antes no había nadie en aquel lugar. Simplemente, el viejo estaba allí, como si hubiese brotado del suelo o se hubiera materializado a partir de la nada. No había emitido el menor sonido, ni producido la más leve corriente de aire... Sentí cómo un ligero escalofrío recorría mi espinazo, aunque la verdad es que el hombre no parecía peligroso. Vestía un taparrabos confeccionado con algo ya irreconocible, pero que en algún tiempo debió de ser un pantalón de tela. Iba descalzo, y tanto su torso como sus piernas desnudas mostraban numerosas cicatrices, marcas que hablaban por sí solas de la larga y azarosa vida del anciano cazador. Pero era su rostro lo que más atrajo mi atención: a pesar de su piel apergaminada y cubierta de arrugas, las facciones de aquel hombre irradiaban una especie de majestuosa belleza. Su frente ancha y despejada aparecía enmarcada por una densa madeja de pelo algodonoso y ensortijado, blanco como la nieve, que rodeaba su cabeza como una solemne corona de plata. Como yo permanecía embobado y boquiabierto, el viejo me tendió su mano y se presentó con estas palabras:

–Mi nombre es Moi-Bokilá, aunque algunos me llaman simplemente *el anciano*.

El tacto de su mano me produjo una extraña y cálida sensación. Me pareció notar una especie de energía vital que fluía hacia mí a través de su piel reseca y agrietada, aunque en aquel momento lo achaqué a mi perplejidad y a mi agotamiento.

–¿Qué hace un joven *mondele*[1] tan lejos de la civilización? –preguntó Moi-Bokilá esbozando una sonrisa–. Supongo que no habrás venido hasta aquí únicamente para saborear mi asado de carne de mono. Pero te propongo que compartamos mi cena mientras me cuentas tu historia.

Después de cenar permanecimos sentados junto a la hoguera, con la mirada perdida en el hipnótico resplandor de las brasas que se consumían ante nosotros. También éramos conscientes de la estremecedora grandeza de la selva que nos rodeaba, de la cual surgían todo tipo de misteriosas voces e inquietantes susurros. Por más que me esforcé, no conseguí recordar ninguna narración que estuviese a la altura de aquel escenario admirable, así que me aventuré a re-

---

[1] *mondele:* en lingala significa «hombre blanco o europeo».

latar algunas anécdotas de mi vida en Europa. Después de escucharme con paciencia hasta el final, mi anfitrión guardó silencio. Parecía decepcionado conmigo y así me lo hizo saber:

–Lo que me has contado no me parece muy interesante, *mondele*. Lo único que suelo pedirles a quienes, como tú, me solicitan comida y cobijo para pasar la noche, es que me refieran alguna aventura emocionante, una anécdota atrayente..., pero tu historia es anodina. Los hombres blancos sois muy aburridos y os falta imaginación; desconocéis el misterio y la magia, unos elementos que se ocultan en ciertos lugares remotos de la selva y también en el corazón de algunas personas.

El fantasmagórico resplandor de las ascuas se reflejaba en los insondables ojos del anciano, abiertos de par en par. Tras preguntarme cuántas hazañas y prodigios habrían contemplado aquellas viejas pupilas, me atreví a hacerle una proposición:

–Lamento mis carencias narrativas, amigo Moi-Bokilá, y espero poder compensarte las molestias con algo de dinero que llevo encima. Sin embargo, me encantaría que, por una vez, alterases tus costumbres y fueras tú el narrador. Estoy deseando escuchar alguna de las proezas que sin duda has protagonizado a lo largo de tu dilatada existencia...

–No quiero tu dinero, *mondele*. Aquí, en la selva, tengo todo cuanto necesito. A veces, un poco de compañía ya es suficiente recompensa, especialmente para un anciano como yo...

El viejo guardó silencio durante algunos instantes, mientras yo contenía la respiración sin atreverme a interrumpir sus cavilaciones, con la esperanza de escuchar algún relato de aquellos labios agrietados. Al fin comenzó a hablar y, cuando lo hizo, no paró hasta que la claridad del amanecer empezó a hacerse visible a través de las altas ramas de la selva. Le presté toda la atención que me permitía mi fatigado cerebro, y a pesar del cansancio y la falta de sueño permanecí atento hasta el final. Todavía me estremezco al revivir aquella noche, mientras la monótona y cascada voz del viejo cazador me narraba su increíble historia. Una historia que a lo largo de varios años me he esforzado por rescatar de mis recuerdos, aunque me he visto obligado a añadir algunos elementos de mi propia cosecha para completarla y adaptarla a nuestro idioma y nuestra forma de pensar europeos. A pesar de todo puedo afirmar que, en esencia, se trata de la misma historia que me narró Moi-Bokilá, *el anciano*. Supongo que ha llegado la hora de que todos puedan conocerla.

Capítulo primero

Kabindji

SUMIDO en sus propios pensamientos, Kabindji se desplazaba con lentitud a través del paisaje de aspecto fantasmal. A su alrededor, finas gotas de rocío se desprendían de las hojas y las ramas en medio de un suave murmullo. Algunas de esas gotas acertaban a caer sobre su piel morena, recubriéndola de una multitud de puntitos brillantes semejantes a lentejuelas. A cada paso que daba, sus pies descalzos se hundían ligeramente en el barro del sendero, mientras su cuerpo oscuro y ágil se cimbreaba de modo instintivo para esquivar las ramas bajas y los largos tallos cubiertos de púas que se interponían en su camino. Había cumplido ya los diecisiete años, pero su silueta menuda y su escasa estatura le hacían parecer aún más joven, casi un niño. Vestía un simple taparrabos de tela roja y una cinta del mismo color que le ceñía la frente. De su cintura pendía un machete de hoja mellada y carcomida por el óxido.

La oscuridad de la noche comenzaba a diluirse en la lechosa claridad que precede al amanecer, momento mágico en que el aspecto de la selva se torna especialmente misterioso y sobrecogedor; durante unos instantes se establece una tregua en la dura lucha por la supervivencia, un tiempo muerto que permite el relevo entre los animales nocturnos que cesan su actividad y los diurnos que se disponen a iniciar la suya. El aire que penetraba en los pulmones del joven era espeso y cargado de variadas esencias. Aunque el tiempo parecía detenido en una pausa mágica e inquietante, la salida del sol se hacía inminente, y el muchacho apresuró el paso. Tenía el tiempo justo para llegar al poblado antes de que alguien notara su ausencia. Le hubiese gustado poder alargar aquellos últimos instantes de tranquilidad, unos momentos que le permitían fantasear con su imaginación. Cerraba los ojos y la veía a ella. Veía a Bwanya; tan grácil, tan bonita, tan dulce. En la mente de Kabindji la joven representaba la máxima expresión de la belleza y la armonía. Desde que Bwanya se había adueñado de su corazón, su imagen solía protagonizar la mayoría de sus sueños e ilusiones. Cada día que pasaba se sentía más interesado por ella, aunque aún no se había atrevido a decírselo. Se limitaba a mirarla desde lejos siempre que tenía ocasión, a contemplarla ensimismado durante largo rato. En los momentos en que no podía verla, debía contentarse con pensar en ella, como ahora.

Cuando lograba fugarse en solitario al amparo de la noche, Kabindji experimentaba algo muy parecido a la felicidad. Mientras duraba su escapada se sentía libre, apreciaba la caricia de la vegetación sobre su piel mojada y los complejos aromas de la selva que se adentraban en sus pulmones.

Libre.

Con toda su mente entregada al placer de soñar despierto... Un placer que tan sólo el recuerdo de la grave enfermedad que padecía su madre podía enturbiar.

Tan absorto andaba Kabindji en sus dulces pensamientos que olvidó prestar atención al suelo que pisaba. Notó algo bajo la planta de sus pies que le hizo retroceder sobresaltado: era húmedo y viscoso. Se agachó para examinar el bulto informe que acababa de aplastar y a duras penas logró reconocer los despojos de un animal muerto. A pesar de que la claridad aumentaba por momentos, los entrenados ojos del muchacho tuvieron dificultades para identificar lo poco que quedaba de aquellos restos parcialmente devorados. Había algunos mechones de pelo marrón adheridos a los huesos roídos y también una pezuña hendida, lo que parecía indicar que se trataba de un pequeño antílope o de una cabra.

Durante unos instantes Kabindji contempló los restos y sacudió la cabeza con disgusto; el hallazgo de un animal muerto a la entrada de un poblado era un signo que no podía significar nada bueno: un mal augurio. Todo el mundo sabía eso. Además, sospechaba quién era el autor de la carnicería: una fiera que atacaba con creciente asiduidad. Aquellos despojos, tan próximos a la aldea, parecían confirmar que el viejo leopardo se volvía cada vez más audaz.

–Mal asunto –murmuró Kabindji entre dientes–; habrá más muertes.

Los primeros rayos del sol despuntaban ya entre las ramas altas cuando Kabindji llegó al borde del extenso calvero en cuyo centro, rodeado por una empalizada de troncos y espinos, se alzaba el poblado de los bowassi. Al igual que otros muchos pueblos africanos, era un conjunto de grandes chozas dispuestas en círculo en torno a una amplia plazoleta central. Las viviendas eran muy similares entre sí, ya que en su construcción se utilizaban idénticos materiales: madera y adobe en las paredes y hojas de palma entremezcladas con paja en los tejados.

Ante el riesgo de ser descubierto, Kabindji apresuró aún más el paso hasta llegar a unos matorrales que crecían junto a la empalizada. Allí, disimulados por la vegetación, había dos palos sueltos que Kabindji conocía bien: era su puerta secreta para salir y entrar en el poblado sin que nadie se fijara en él. Sabía que algún día su secreto sería descubierto, pero hasta entonces seguiría aprovechándose de aquel defecto de la cerca. Tras volver a colocar con cuidado los palos en su sitio, el muchacho avanzó por las silenciosas callejuelas procurando no hacer ruido, una precaución que no le sirvió de mucho. Apenas se había adentrado unos metros entre las chozas exteriores cuando se topó de frente con el viejo Mboka, uno de los respetables y temidos miembros del consejo de ancianos. El viejo fulminó al muchacho con una mirada severa y, sin mediar palabra, levantó el bastón que llevaba y le propinó un golpe en la cabeza. Kabindji trató de mantenerse impasible, mas no pudo evitar que de sus ojos escapara una lágrima de rabia. Satisfecho del efecto conseguido con su acción, el vejestorio esbozó una maliciosa sonrisa que dejó al descubierto sus encías desdentadas.

–Te has vuelto a escapar, ¿verdad? –siseó Mboka en voz baja–. Sabes que está prohibido abandonar el poblado durante la noche... ¿Por qué te empeñas en desobedecer las normas?

Kabindji se mantuvo callado, sosteniendo la mirada del consejero. Mboka había pasado la mayor parte de su vida viajando por las aldeas del norte y participando en las sangrientas batallas contra los washai. Aseguraban que, ya desde muy joven, había destacado por su valentía como cazador y como guerrero, especialmente en las luchas contra otras tribus. Tras varios años de guerras y aventuras regresó al poblado y se convirtió en un personaje muy respetado, llegando incluso a ser propuesto como jefe, cargo que rehusó. Tampoco quiso tomar esposas y permaneció célibe toda su vida. Sin embargo, resultaba difícil creer en las pasadas glorias de aquel hombre al fijarse en su aspecto actual: la piel marchita y agrietada que recubría su cabeza calva confería a esta última la desagradable apariencia de una fruta podrida. El pellejo de su vientre colgaba fláccido alrededor de un ombligo herniado, y sobre los huesos deformes apenas quedaban músculos visibles. Tan sólo la mirada ardiente de sus ojos hundidos conservaba el brillo de un fuego aún no extinguido; el rescoldo de una llama avivada por gestas gloriosas a lo largo de los años.

–Tienes suerte de haberte topado conmigo –Mboka golpeó nuevamente a Kabindji, esta vez en el brazo y con más suavidad–. Márchate a tu casa antes de que otros también te descubran. Quizá ellos no sean tan bondadosos como yo.

Sin decir nada, el muchacho se apresuró hacia su choza. Sentía cómo un dolor sordo, al ritmo de punzantes latidos, se extendía por todo su cráneo. Al pasar la mano por su cabeza pudo palpar sin dificultad los contornos de un hermoso chichón. Otro recuerdo del viejo Mboka.

–Pues al final sí que ha resultado un mal presagio esa cabra muerta –murmuró para sí el muchacho.

Y tenía razón. Aunque aún no podía sospechar que aquél iba a ser uno de los días más tristes de su vida.

Capítulo segundo

Tswama

LA choza donde vivía Kabindji era una de las más pequeñas de todo el poblado. Estaba dotada de una única abertura que hacía las funciones de puerta y ventana a la vez, pero demasiado angosta para que la luz del día que penetraba por ella pudiese disipar del todo la penumbra del interior. Un interior espartano donde no había muebles, ni cortinas, ni apenas elementos decorativos. En realidad tampoco hacían falta, pues en la mayoría de los poblados africanos la gente hace su vida al aire libre y las chozas sólo sirven para dormir.

Lo primero que hizo Kabindji al entrar fue acercarse a la estera sobre la cual estaba tendida su madre. A su lado, su cuñada Busama se afanaba con unos paños impregnados en jugos de plantas aromáticas.

–¿Qué tal está? –preguntó Kabindji con un hilo de voz.

La segunda esposa del hermano de Tswama levantó la vista con lentitud. Había algo en su mirada que aterrorizó al muchacho.

–Tu madre ha empeorado. Me he acercado como todas las mañanas para ver si necesitaba algo, y la he encontrado tendida en el suelo, incapaz de arrastrarse siquiera hasta su estera.

Kabindji sintió que la sangre cesaba de circular por sus venas. Se sentía culpable. ¿Por qué habría escogido justo aquella noche para salir del poblado? Probablemente no hubiera podido hacer nada por su madre, pero al permanecer junto a ella habría aprovechado al menos el poco tiempo que les quedaba para estar juntos. Cerró los ojos y se esforzó en negar la realidad. Intentó creer que se encontraba en medio de una pesadilla de la que pronto despertaría. Alguna vez había tenido sueños parecidos, tan terribles que había amanecido chillando y bañado en sudor, convencido de la veracidad de aquello que imaginaba su mente. Sin embargo, algo le decía que éste no era el caso y que, por desgracia, la situación que estaba viviendo era real; no se trataba de ningún sueño.

Desvió la mirada hacia su madre y su memoria retrocedió un par de meses hasta una situación parecida a aquélla. El escenario era el mismo: el sombrío interior de la choza..., la estera... Todo igual, salvo que él estaba tumbado y su madre le cuidaba. Cerró los ojos con fuerza y pudo evocar aquel momento con todo detalle: se había hecho un profundo arañazo en una pantorrilla al caer de un árbol. Estaba tendido en la penumbra de la choza y alguien le hablaba con una voz suave y sedante; era Tswama, que aún no había contraído su terrible enfermedad. De una en una, la mujer extraía las *mafumba*[2] de un pequeño recipiente y las aplicaba con delicadeza a la pantorrilla. Cada vez que

---

[2] *mafumba:* en lingala significa «hormigas» (en singular, *lifumba).* En este caso se trata de las temibles hormigas legionarias, cuyas mandíbulas se utilizan para suturar heridas.

Tswama colocaba una de sus hormigas, un intenso escozor trepaba por los irritados nervios de la pierna magullada. Cuando las mandíbulas del insecto se habían cerrado sobre los bordes de la herida, la mujer le arrancaba el cuerpo, dejando plantada la cabeza a guisa de punto de sutura.

–Tranquilízate, Kabi –decía su madre–. Los arañazos son poco profundos y el veneno de las *mafumba* evitará que tu herida *se pudra*.

Kabindji contemplaba en silencio el rostro sereno de la mujer mientras ésta trabajaba: un rostro parecido al de Kysanto, pero mucho más joven. Los dos hermanos compartían cierta nobleza y simetría en sus rasgos, aunque los de ella eran algo más suaves y dulces. Su mirada también se diferenciaba de la de Kysanto, el consejero, por la ternura y sencillez que se reflejaban en el fondo de sus grandes ojos oscuros. Atenta a su tarea, Tswama agitaba de cuando en cuando la cabeza, lo cual provocaba una oscilación de las diminutas trenzas que colgaban a ambos lados de su plácido semblante.

–¡Ay!

El pinchazo particularmente doloroso de una de las *mafumba* había interrumpido la contemplación de Kabindji, que comprobó con alivio que su madre estaba terminando la dolorosa cura. Tras depositar un emplasto de hierbas sobre la zona afectada, Tswama se apartó para evaluar su obra.

–Eso que acabo de colocar sobre tu herida debes mantenerlo durante un buen rato. Y la próxima vez que trepes a un árbol con tus amigos, procura tener más cuidado para no caerte.

Kabindji apretó los dientes. Con la mirada clavada en su herida cubierta de aromáticas plantas medicinales, recordó la causa que había provocado el accidente y sintió resurgir de repente toda la indignación que llevaba dentro.

–Ya te he dicho que no me he caído, ¡me han empujado! –exclamó indignado–. ¡Estoy harto de aguantar las canalladas de Likongá y sus amigos!

Tswama movió la cabeza y se quedó pensativa, acariciando el pelo ensortijado de su hijo durante unos minutos, hasta que por fin dijo:

–Algún día podrás desquitarte, hijo mío, pero tienes que saber esperar. Debes tener paciencia.

–¿Paciencia? ¿Hasta cuándo he de tener paciencia? Me respetan cada vez menos. Empezaron por burlarse de mí porque soy más bajo que mis compañeros, y a llamarme enano y pigmeo. Ahora dicen que no soy un bowassi, sino una hiena del bosque, y me aconsejan que me vaya del poblado en busca de otra hiena con la que pueda aparearme. Eso es lo que dicen. Aún hoy, me juzgan únicamente por mi aspecto, y no importa si hago o dejo de hacer algo importante. Al final llega Likongá o cualquier otro y me ridiculiza. Ni siquiera se me conceden los derechos normales de la tribu.

–Te refieres al *nkoma*[3]...

–Sí. Hace más de un año que cumplí los dieciséis y aún no se me ha permitido realizar el ritual del tatuaje sagrado.

–Todo llegará, hijo. Ya sabes que tu tío Kysanto prometió hablar de ese asunto con el jefe Nsomo, y puedes estar seguro de que lo hará en cuanto le sea posible. Pronto podrás realizar la ceremonia y ser considerado *mobali*[4], un hombre adulto.

–Es una lástima que mi tío Kysanto no sea el jefe.

---

[3] *nkoma:* en lingala significa «tatuaje» y, por extensión, algunas ceremonias relacionadas con los mismos.

[4] *mobali:* en lingala significa «hombre» o «macho», aunque aquí se refiere a un hombre adulto.

–Intenta dormir, Kabi –Tswama se puso en pie y se apartó de su hijo–. Ahora debo salir a buscar hierbas y frutas para la cena... Intentaré que esta noche tengas un plato especial, de los que tanto te gustan. Y procura no moverte mucho. Ya verás como todo acaba por arreglarse.

Poco a poco, la mente de Kabindji regresó de aquel episodio pasado. Como un helado punzón, la terrible realidad del presente se abrió camino a través de su cerebro: la situación se había invertido, pero ahora que su madre le necesitaba, él no podía hacer nada por ella. No era la primera vez que Kabindji sentía de cerca la insidiosa proximidad de la muerte, y por eso sabía reconocerla. La muerte estaba allí, junto a su madre, rozando su cuerpo con la inexorable caricia de sus dedos gélidos.

La muerte.

A pesar de su juventud, Kabindji ya había visto morir a varios habitantes del poblado, unos por enfermedad, otros por picaduras de serpiente, o por accidentes de caza... Pero esta vez era distinto. El destino le golpeaba demasiado cerca, en la persona más querida, y eso le recordó algo: cierto día, cuando acababa de abatir una mona con una de sus flechas envenenadas, descubrió a su cría viva, que aún se aferraba inútilmente al cuerpo muerto de la madre. Kabindji se había preguntado entonces lo que sentiría aquel pequeño ser al verse privado de repente del calor y la protección de su madre...

Ahora ya lo sabía.

El joven se arrodilló junto a Tswama y la tocó. La piel brillante de la mujer se había tornado opaca y gris, mientras los bonitos cabellos que Kabindji tanto había admirado en otro tiempo se habían convertido en una masa informe y estropajosa alrededor de un rostro marchito. El muchacho levantó la cabeza hacia Busama y preguntó:

–¿Cuánto crees que vivirá?

–Mi padre padeció el mismo mal y recuerdo perfectamente cómo murió. Le queda poco tiempo, Kabi..., muy poco tiempo. Y ya ni siquiera la magia de Nsomo puede salvarla...

Kabindji notó cómo el terrible significado de las palabras de la mujer penetraba hasta lo más hondo de su embotado cerebro. Apenas se percató de que ella continuaba hablando:

–... Te dejo a solas con tu madre para que puedas despedirte de ella. Yo ya no puedo hacer más.

Conteniendo las lágrimas, Busama recogió sus cosas y salió por la estrecha puerta de la choza. Durante unos segundos, el muchacho se quedó mirando aquella abertura que mostraba las angostas callejuelas del poblado y la actividad cotidiana de sus gentes, cuya vida proseguía como si nada especial estuviese sucediendo. La existencia de Kabindji, en cambio, acababa de dar un giro terrible. Sumido en el dolor y la incredulidad, el joven cazador contempló el cuerpo tendido de Tswama, habitualmente tan lleno de vida. De repente, la mujer se agitó y abrió los ojos. Su mirada turbia recorrió el interior del chamizo, dando la impresión de no ser capaz de distinguir nada de lo que veía. Hasta que al fin descubrió la presencia del muchacho, acurrucado junto a ella. Entonces una luz de reconocimiento iluminó sus dilatadas pupilas.

–Ka... bi, hijo –murmuró con voz entrecortada.

–¡Madre! –exclamó Kabindji con lágrimas en los ojos.

–¿Madre...? –repitió la mujer, tragando saliva con dificultad–. Creo que ha llegado la hora de decirte la verdad,

Kabi... Yo no... no soy tu verdadera madre. Tu madre murió hace mucho tiempo.

–¿Qué dices? ¡Eso no es posible! –exclamó incrédulo el muchacho, convencido de que su madre estaba delirando.

Sin embargo, la mirada de Tswama ganaba lucidez por momentos y su voz se volvía más firme y clara, hasta el punto de que Kabindji llegó a pensar que se estaba recuperando.

–La verdad es que yo juré no revelarte nunca el secreto de tu pasado, pero me voy más tranquila así, sabiendo que conoces la verdad. Siempre te has preguntado por qué algunos del pueblo, como Likongá, se niegan a considerarte un auténtico... bowassi –prosiguió Tswama–. Debes saber que, en cierto modo, tienen razón; procedes de otra tribu, de otra raza que vivía lejos de aquí...

Las palabras de la mujer golpeaban a Kabindji como un pesado mazo. Sintió deseos de correr, de no seguir escuchando. Ella no era su madre..., aquélla no era su tribu... ¿Quién era él entonces? Como respuesta a aquellos pensamientos, la vacilante voz de Tswama prosiguió con sus terribles revelaciones:

–Mi querido Kabi...; en realidad eres un botshuá, un pigmeo..., pero eso no debe avergonzarte. Tu pueblo era próspero y valiente...; lo fue hasta que una espantosa desgracia cayó sobre él. Todos sus habitantes fueron asesinados durante una feroz matanza.

–Asesinados... ¿También mis padres?

–Sí, también ellos.

–¿Una matanza? ¿Quién lo hizo?

Con el rostro bañado en sudor la mujer pugnó por incorporarse, aunque apenas pudo levantar un poco la cabeza.

–Eran tiempos difíciles y oscuros, Kabi. Tiempos de guerras sangrientas entre tribus vecinas, tiempos de cultos a oscuras divinidades como *Nzenneneké*, el infame demonio del bosque.

–A menudo, Likongá y sus amigos nombran a ese *Nzenneneké*.

–Pues no deberían hacerlo. El simple sonido de ese nombre maldito produce escalofríos, y trae el recuerdo de ciertos ritos antiguos que nos ocasionaron a todos grandes calamidades... Por suerte, todo eso ya ha pasado y esas prácticas están proscritas. Pero hace apenas quince años la locura se había adueñado de toda la comarca y tu gente fue exterminada junto con otros pueblos, como los washai... Nosotros, los bowassi, logramos sobrevivir, aunque pagamos un alto precio. Aún hoy, nuestro pueblo sufre desgracias tales como esa crecida del río que arruinó las cosechas del año pasado. Estamos siendo diezmados por enfermedades como la que ahora me está matando y padecemos el acoso de una fiera sanguinaria que nos acecha día y noche. Algunos afirman que todo eso no es casual, que forma parte de un castigo por haber practicado el culto maldito. La gente que, como Busama, cree en las antiguas leyendas, dice que un día alguien encontrará el poderoso *biyambá-yambá* y lo traerá consigo hasta aquí. Ese día cambiarán las cosas.

Al escuchar el nombre del legendario talismán, Kabindji abrió la boca, pero permaneció completamente mudo. Tswama prosiguió:

–En tu poblado murió mucha gente, aunque a ti se te perdonó la vida. Eras muy pequeño, y tus padres habían sido asesinados durante la masacre... Entonces... alguien se apiadó de ti y viniste a parar a este poblado. Yo te adopté.

La mente de Kabindji, incapaz de asimilar lo que estaba escuchando, parecía a punto de reventar. Quería taparse los oídos y gritar con todas sus fuerzas, vocear a los cuatro vientos que todo aquello era falso, que él era Kabindji, el hijo de Tswama, un guerrero bowassi... Se mantuvo callado. Tomó las manos de su madre adoptiva entre las suyas y permaneció atento, temblando ante lo que aún podría descubrir acerca de su pasado. Un silencio de muerte se había instalado en el interior de la pequeña choza. La respiración de la mujer se hacía cada vez más trabajosa y entrecortada. El brillo de aquellos grandes ojos se apagaba por momentos, y Kabindji comprendió que el fin estaba cerca.

–Hay... algo más... que de... bes saber –tartamudeó Tswama con gran esfuerzo–. La ma... yoría de los bowassi hemos vivido engañados, nos hemos criado a la sombra del odio generado por tantas guerras y muertes. Hubo un dirigente, un prestigioso personaje que supo reunir a todos los poblados bowassi del norte..., y hubo matanzas, pueblos enteros arrasados..., como en el que vivías con tus padres... Aún hoy, hay muchos que siguen odiando. Odian a los extraños, a los washai, a los mongo, a los botshuá..., y tú eres un botshuá. Debes tener mucho cuidado, ahora que ya no estaré a tu lado para... protegerte. De... bes... esss...

La cabeza de Tswama se inclinó hacia atrás y sus labios se agitaron sin que ningún sonido inteligible llegase a brotar de ellos. Kabindji abrazó con ternura aquel cuerpo tembloroso que durante años había sido para él la única fuente de cariño.

–¡Mamá! –gritó el muchacho con voz angustiada–. No me dejes. El pasado no me importa. Para mí seguirás siendo siempre mi madre, mi única madre...

Tswama no respondió, pero el muchacho creyó adivinar la sombra de una fugaz sonrisa sobre los amoratados y tumefactos labios de la moribunda. Luego, los músculos de Tswama se relajaron y la luz se extinguió definitivamente en su mirada. La ruidosa respiración había cesado, y lo único que Kabindji podía escuchar ahora era el entrecortado y desgarrador sonido de sus propios sollozos.

El acompasado retumbar de los tambores marcaba el ritmo de una danza lenta y sincopada que las mujeres ejecutaban, desnudas de cintura para arriba, en señal de duelo. Con los cuerpos arqueados y enteramente recubiertos de hojas, otro grupo de bailarines practicaba la danza que simbolizaba el paso de la vida a la muerte: el largo y definitivo viaje que el espíritu del fallecido debe emprender hasta reunirse con sus antepasados y sus seres queridos. Uno de los bailarines asumía el papel de espíritu de la persona fallecida, y los demás debían conducirle fuera de su envoltorio carnal y guiarle en su difícil camino hacia el más allá.

Kysanto, el hermano de Tswama, colocó su mano con delicadeza sobre el hombro de Kabindji, que no lograba apartar la mirada del cadáver de su madre adoptiva mientras éste era ungido y preparado para el entierro. Momentos después, el muchacho se estremecía al oír el sonido apagado y terrible que producían los primeros puñados de tierra al caer sobre el cuerpo de Tswama. De algún modo intuyó que con aquel ruido se cerraba una etapa de su vida, aunque no se atrevía a considerar lo que vendría después. Los pensamientos del joven cazador se alejaron entonces de aquella ceremonia en un esfuerzo por imaginar cómo fueron sus verdaderos padres y cuál habría sido el aspecto de su poblado natal...

Un ligero carraspeo a su espalda le hizo volver la cabeza: Kysanto aún estaba a su lado. El consejero vestía una larga túnica adornada con tiras de piel de leopardo, la vestimenta ceremonial reservada a los venerados miembros del consejo de ancianos. Era muy delgado y su rostro aparecía cubierto por una espesa barba plateada, un rasgo poco frecuente entre los bowassi y que contribuía a engrandecer la dignidad de su imagen. Una imagen que era temida y respetada por todos. Sin embargo, Kabindji lo miró sin la menor reverencia y alzó la voz por encima del retumbar de los tamtanes:

–Hay algo que necesito saber, tío Kysanto.

–Imagino lo que es, y te aseguro que no debes preocuparte. El espíritu de mi hermana, tu madre, se habrá reunido con nuestros antepasados antes de que termine la ceremonia. Y puedes estar tranquilo, ya que algún día no muy lejano nosotros también acudiremos a la cita, aunque supongo que ese viaje... lo emprenderé yo mucho antes que tú.

–Todo eso ya lo sé. La pregunta es otra –el muchacho vaciló–. Necesito saber dónde se encontraba el poblado pigmeo, el que fue destruido años atrás.

El cuerpo de Kysanto se envaró de repente, y su mano se retiró del hombro de Kabindji como si éste quemara.

–Veo que mi hermana ha decidido hablar antes de morir..., y no me parece buena idea. Esa información no te hará ningún bien.

–La incertidumbre tampoco me hace ningún bien. Necesito saber.

–El mal ya está hecho y no tiene remedio. Si te empeñas en que hablemos, hablaremos, pero será en otro momento. Nsomo ha decidido convocar una asamblea urgente para mañana, y como consejero debo organizar los preparativos. Nos veremos más adelante.

El muchacho permaneció con la vista fija en la silueta que se alejaba hasta que Kysanto, con su andar solemne, se perdió entre la multitud. Kabindji se sintió entonces golpeado por una espantosa sensación de vacío, de soledad. Nunca hasta entonces se había dado cuenta de la importancia de su madre, de que ella lo había sido todo para él. Ahora no le quedaba nadie en quien confiar, excepto en su tío...

–Siento lo de tu madre, muchacho –dijo una voz grave a su espalda.

Kabindji se volvió sorprendido. Aparte de su tío, nadie se había acercado a él para decirle unas palabras de consuelo, como era la costumbre. Por eso le sorprendió aquella voz acompañada de una enorme manaza que se posó en su brazo. Era Mutembo, un gigantesco guerrero admirado por su fuerza y valentía.

–Gra... cias –acertó a tartamudear el asombrado muchacho.

–No debes estar triste –recomendó el bowassi haciendo ademán de marcharse–. No olvides que la muerte es un camino que, tarde o temprano, todos hemos de emprender; un guerrero debe estar siempre dispuesto a ello.

–Yo no soy aún un guerrero. No me dejan serlo –se quejó Kabindji.

El musculoso gigante ya había comenzado a alejarse con sus grandes y elásticas zancadas, pero se detuvo y añadió:

–Si eres o no un guerrero, depende más de tu valor y de la nobleza de tu corazón que de lo que opinen los demás. Puede que tú ya lo seas, ¿quién sabe?

Kabindji aún no había tenido tiempo de asimilar las palabras de Mutembo cuando divisó otra figura, mucho más menuda y grácil, que caminaba en sentido contrario. El muchacho intentó tragar saliva mientras sentía cómo su pulso se aceleraba: era Bwanya. La joven vestía un sencillo *limputa,* un trozo de tela enrollado alrededor del cuerpo, según la costumbre de las mujeres bowassi. Llevaba el pelo recogido en un sinfín de finas trenzas que caían alrededor de su rostro de rasgos suaves y gran belleza, en el cual se reflejaba una intensa emoción. Ella también había perdido a sus padres siendo aún muy pequeña y, en cierto modo, estaba tan sola como él. Se acercó al muchacho y le tocó levemente el brazo. En otras circunstancias, el contacto con el objeto de sus sueños habría transportado a Kabindji hasta un paraíso de felicidad. Ahora, sin embargo, estaba demasiado triste y desconcertado, por lo que se limitó a observar fijamente a la muchacha. El resultado de aquella intensa mirada fue sorprendente: durante unos instantes sintió que todo cuanto les rodeaba se disolvía en la nada. Los sonidos y cánticos fúnebres se apagaron en sus oídos, y la gente, el poblado, la selva e incluso el cielo y la tierra dejaron de existir. Sólo quedaron ellos dos, unidos por una atracción invisible. Pese a la total ausencia de palabras, Kabindji podía percibir montones de cosas a través de los ojos profundos y brillantes de Bwanya... Hasta que el hechizo se rompió. De nuevo se encontraron en las proximidades de una aldea africana, rodeados de voces y ruidos. Antes de que Kabindji tuviera tiempo de reaccionar, la joven ya había dado media vuelta, alejándose en dirección a las chozas.

Capítulo tercero

La asamblea

EN medio de una gran algarabía, los habitantes del poblado se arremolinaron en la plaza central para asistir a la asamblea convocada por el jefe Nsomo. A pesar del aparente caos que reinaba, todos estaban colocados con cierto orden, según su rango y formando círculos concéntricos. En el interior se encontraban los guerreros, un poco más atrás las mujeres y los ancianos y, por último, los niños. En el mismo centro de aquella extensión, cubierta de apretados cuerpos sudorosos, se alzaba una tarima de madera sobre la cual había cuatro sillas vacías. Kabindji intentó abrirse paso hacia el interior de la plaza, pues su baja estatura le impedía ver lo que ocurría. Sin embargo, su avance pronto se vio interrumpido por un viejo guerrero visiblemente malhumorado:

–¡Fuera de aquí, apestoso botshuá! –escupió con rabia la boca desdentada del anciano–. ¿Tanto tiempo entre nosotros y aún no has aprendido que este lugar está reservado a los guerreros bowassi? ¡Vete al bosque a reunirte con las alimañas de tu especie!

Kabindji miró a su alrededor en busca de apoyo, pero todas las miradas que encontraba estaban cargadas de frío desprecio. Resignado, retrocedió hasta situarse en la parte más alejada, entre los niños, e incluso allí tuvo que soportar algunas risas y burlas que sólo cesaron gracias a los acontecimientos que se iniciaban sobre la tarima central: la escandalosa multitud enmudeció de repente al hacer su aparición cuatro personajes suntuosamente ataviados que subieron a la tarima con paso solemne. Sobre la más grande y adornada de las sillas, el trono, se acomodó Nsomo, el brujo-jefe de los bowassi. Era un hombre relativamente joven, aunque su rostro estaba surcado por profundas arrugas que resaltaban aún más su expresión ceñuda. Bajo sus ojos inyectados en sangre destacaban unos pómulos recubiertos por una fina red de tatuajes cuyos motivos se reproducían igualmente en su pecho y sus antebrazos. Al igual que su hijo Likongá, Nsomo era de complexión atlética. En la mano llevaba un pequeño bastón rematado por un conjunto de finas tiras de piel, un instrumento que utilizaba para espantar las moscas y tábanos que osaban acercarse a su insigne persona. Aunque el jefe se movía con la calculada lentitud de un felino, sus poderosos músculos siempre parecían en tensión, a punto de saltar y listos para alguna acción violenta, y era legendaria su habilidad para el combate. De hecho, Nsomo era el único jefe que había logrado alcanzar su cargo mediante el *mobuni,* el combate tradicional por el poder.

En las otras tres sillas, alineadas en segundo plano detrás del trono del jefe, se sentaron los tres miembros del consejo de ancianos: Mboka, Mokwango y Kysanto. Tres antiguos guerreros vestidos con túnicas largas y adornos de piel de leopardo, tres hombres venerados por su experiencia y sabiduría y quizá más temidos incluso que el propio Nsomo. Cualquiera de los cuatro personajes que se sentaban sobre aquella tarima tenía poder de vida o muerte sobre los demás habitantes del poblado.

Los tres miembros del consejo de ancianos permanecían rígidos como estatuas. El cuerpo obeso y grasiento de Mokwango destacaba por su inmenso volumen entre sus dos esqueléticos compañeros de consejo, cuyos huesos parecían a punto de perforar sus secos pellejos. Pero nadie se fijaba mucho en el aspecto físico de los ancianos, pues todos rehuían la mirada fría de aquellos tres pares de ojos. Eran igualmente temidos y respetados, y su simple presencia bastaba para mantener en absoluto mutismo a toda la multitud que se apiñaba a su alrededor. Nadie abrió la boca hasta que Nsomo, como máxima autoridad, decidió romper el tenso silencio:

–*¡Ñe-ñé!* –gritó alzando una mano.

–*¡Ñé!* –corearon al unísono todos los presentes.

Insatisfecho con el nivel de entusiasmo demostrado por sus súbditos, Nsomo sacudió la cabeza y repitió más fuerte:

–*¡ÑE-ÑÉ!*

–*¡ÑÉ!* –respondió la turba enfervorizada.

Tras una leve pausa, el cacique lanzó por tercera vez su grito:

–*¡ÑE-ÑEEÉ!*

–*¡ÑEEEEEEÉ!* –repitieron a pleno pulmón los extasiados asistentes.

Complacido con el fervor alcanzado, el jefe esbozó una leve sonrisa antes de proseguir:

–Hermanos, hermanas... Como jefe vuestro os he reunido para hablaros de un asunto que ya conocéis y que a todos nos preocupa. Me refiero a ese leopardo que ronda nuestro poblado y se vuelve cada vez más atrevido. Cuatro de nuestros hermanos ya han perecido bajo sus garras asesinas, sin contar las numerosas cabras y gallinas que ha devorado. Su presencia nos ha obligado a prohibir a los jóvenes abandonar el poblado durante la noche, pero incluso de día son muchos los que vacilan antes de salir solos a la espesura, muchas las madres que temen dejar que sus hijos jueguen más allá de los límites de la empalizada. Sabemos que se trata de un leopardo viejo, un animal cuyos dientes rotos y desgastadas uñas no le permiten ya cazar animales salvajes. Por tanto, para cualquiera de nuestros guerreros será fácil acabar con él. Entre todos ellos elegiré a un valiente para que cumpla esa misión...

Una cerrada ovación acogió las palabras del soberano. Cuando las voces se hubieron acallado, Kysanto se puso en pie.

–Muy sensatas han sido las palabras del gran jefe Nsomo –dijo señalando hacia el cacique con su mano huesuda–. Conociendo su propio valor, su fuerza y el poder de su magia, no me extraña que desprecie el peligro que supone ese animal. Nuestro jefe es formidable...

Varias voces se elevaron para aclamar de nuevo a Nsomo. Kysanto aguardó pacientemente hasta que volvió a hacerse el silencio.

–Sin embargo, ninguno de nuestros valientes guerreros podría compararse con el gran Nsomo. Es cierto que el leopardo es viejo, pero esa vejez no lo hace menos peligroso, sino al contrario. ¿Por qué tenemos nosotros un consejo de ancianos? ¿Acaso no es un pobre viejo decrépito el que os habla? Y sin embargo me escucháis...

Un murmullo de perplejidad recorrió la muchedumbre.

–Ese leopardo está ahora en la fase final de su vida –prosiguió Kysanto–. Y precisamente por eso tiene acumulada en su cabeza la experiencia de muchos años. Ha vivido, y vivido, y vivido *tiiiii*[5]... Ahora se las sabe todas. También ha tenido ocasión de equivocarse muchas veces y, al igual que cualquiera de nosotros, ha ido aprendiendo de sus errores. Quizá sea más débil y lento que un leopardo joven, pero es cien veces más difícil de engañar, como lo demuestra la facilidad con la que ha cometido sus fechorías ante las mismísimas narices de nuestros mejores guerreros. Por eso, es mi deber como consejero recomendar que se organice una batida en toda regla, y que sean varios los guerreros y cazadores que participen en ella. Solamente si actuamos en grupo, de forma organizada, podremos asegurar el éxito. Debemos proceder como en los viejos tiempos, cuando toda la comarca hablaba de la gloria de nuestras gestas...

Un clamor apagado surgió de la muchedumbre. Kysanto dirigió una interrogadora mirada hacia Nsomo, que había escuchado las palabras del anciano con el ceño particularmente fruncido.

–Sabia es la voz de los ancianos –respondió al fin el jefe–. En efecto, si ese leopardo es la mitad de astuto que nuestro venerable Kysanto, debemos andar con ojo. Reconozco que a veces me dejo llevar por mi valor y mi fuerza, olvidando que soy especial y que por eso soy el jefe. La mayoría de nuestros bravos muchachos tiene mucho que aprender hasta poder alcanzarme..., suponiendo que alguno lo haga –añadió riendo.

Una risa nerviosa se extendió entre los asistentes, aunque la mayor parte de los guerreros permanecieron ceñudos. Nsomo prosiguió:

---

[5] *tiiiii:* expresión que se utiliza para exagerar el tiempo o la distancia. Suele acompañarse con un gesto elocuente de la mano y el dedo índice.

–Yo escojo a Lofundu, a Mutembo, a Kwasway, a Lisangu y a Mpundu para la batida, y entre ellos nombro a Lisangu como jefe de la misma... Todos deben obedec...

–¡Ejem...! –carraspeó Kysanto con discreción.

–¿Qué pasa ahora...? –exclamó el jefe, visiblemente contrariado por aquella nueva interrupción.

–Como de costumbre, has escogido muy bien a tus hombres. Eso demuestra tu gran sabiduría y buen criterio para valorar a tu gente. Sin embargo, me atrevo a sugerir que incorpores a tu hijo Likongá a la expedición y que le nombres jefe de la misma, en lugar de Lisangu. Sabemos que Likongá es casi tan valiente como su padre y a todos nos enorgullecerá verle por fin al frente de una misión importante.

El rostro de Nsomo se tornó grisáceo. Gruesas gotas de sudor comenzaron a resbalar por su piel, resaltando el relieve de sus complejos tatuajes. Con una mano hizo una seña a Kysanto para que se acercara. El anciano obedeció y avanzó hasta situarse junto al trono del jefe, donde permaneció quieto y con la cabeza inclinada.

–¡Estás loco, Kysanto! –escupió Nsomo al oído del anciano–. ¿Quieres dejarnos en ridículo, o qué? Sabes perfectamente que Likongá siente verdadero pánico por los leopardos. Es algo superior a sus fuerzas y no puede evitarlo. No tengo por qué arriesgar la vida de mi hijo, mi único sucesor.

–De nada servirá que Likongá herede el trono si no es respetado y temido por la gente. ¿Acaso has olvidado cómo subiste tú mismo al poder?

–Reconozco que sin tu apoyo jamás lo habría logrado –la voz del jefe se convirtió en un susurro casi inaudible–. Siempre te estaré agradecido por haber amañado el *mobuni*...

–Sí, pero ese brebaje que le hice beber a tu adversario tan sólo sirvió para atontarlo un poco, y de nada habría servido si tú mismo no te hubieses comportado como un valiente. Ningún guerrero aceptaría el mandato de un hombre menos valeroso que él mismo, ni tampoco de alguien que nunca se ha enfrentado a peligro alguno ni ha dirigido con éxito a sus hombres en batallas o cacerías arriesgadas. ¡Así somos los bowassi! Sabes que tengo razón, y es inevitable que, tarde o temprano, Likongá necesite demostrar que realmente lleva algo de su padre en las entrañas. Debes considerarlo una lección para Likongá, una prueba de fuego que le vaya preparando para acaudillar a nuestras tropas en las futuras batallas que sin duda tendremos que librar contra los eternos enemigos de nuestro pueblo. Es preferible que tu hijo no llegue a subir al trono a que baje de él con la cabeza separada del cuerpo.

El jefe se agitó inquieto en su enorme silla.

–Pero eso puede esperar. Habrá otra ocasión menos peligrosa...

–Todas las ocasiones deben ser peligrosas para ser válidas. Piensa que hoy podría comenzar el futuro reinado de tu único hijo. Además, puedes considerarlo una decisión de todo el consejo. Debe ser ¡ahora!

Sin aguardar respuesta, Kysanto regresó a su asiento. Indeciso, Nsomo miró hacia los otros dos ancianos consejeros, cuya mirada glacial le hizo estremecerse. Se puso en pie y gritó:

–Por fin ha llegado el gran día en que mi hijo demostrará ser, como su padre, un digno aspirante al trono. Likongá, hijo, acércate. Vas a tener el honor de mandar el grupo de elegidos que nos traerán el cuerpo de esa fiera para que nuestras mujeres y nuestros niños puedan pisotearlo y escupirlo. Y todos recordarán tu proeza. Todos sabrán que pueden dormir tranquilos en sus chozas gracias a Likongá, el hijo de Nsomo.

En medio del clamor general, Likongá avanzó hasta situarse junto a la silla de su padre. Desde lejos nadie podía apreciar el sudor que perlaba su frente ni el ligero temblor que agitaba sus piernas.

Capítulo cuarto

Likongá

CARGADOS de diminutas y brillantes gotas de rocío, los enmarañados hilos tejidos por enormes arañas del género *nephila*[6] formaban caprichosos arabescos que centelleaban bajo los primeros rayos del sol. El estridente graznido de las aves competía con el griterío de los monos que iniciaban sus eternas disputas en las ramas altas. Por debajo del denso techo de vegetación, el pequeño grupo caminaba sin prisas, siempre hacia el norte, siguiendo de cerca el rastro de la fiera. Los integrantes de la partida eran altos y esbeltos guerreros bowassi, todos ellos ataviados con las galas y adornos propios de su rango. Las vistosas plumas blancas y negras que adornaban sus altivas cabezas procedían de la cola de un gran pájaro, el cálao de

[6] *nephila:* araña de gran tamaño cuyo cuerpo mide más de cinco centímetros y, con sus largas patas, puede sobrepasar los dieciocho. La resistencia de sus telas es tal, que incluso algunos pájaros pequeños pueden quedar atrapados en ellas. Sus filamentos firmes y pegajosos resultan molestos al caminar por la selva.

pico rojo[7], y contrastaban con los pesados aros de cobre pulido que relucían alrededor de brazos y tobillos. Pero lo que más llamaba la atención eran sus cuerpos, verdaderos mosaicos de color donde gruesos trazos de pigmentos azules y blancos alternaban con las marcas de los tatuajes y las profundas cicatrices de antiguos combates. Por detrás de ellos, disimulada entre el espeso follaje, avanzaba una sigilosa figura que se distinguía fácilmente del grupo que le precedía por la ausencia de abalorios y marcas sobre su piel oscura. También su talla era algo inferior a la de esos compañeros de quienes se ocultaba, aunque la elasticidad de sus ágiles movimientos incluso superaba la de aquéllos.

Así progresaba el curioso conjunto de perseguidores y perseguidos: el leopardo iba acosado de cerca por los guerreros, rastreados a su vez por el joven pigmeo Kabindji. Ni los hombres ni la bestia emitían sonido alguno, pero tampoco necesitaban hacerlo. La espesa selva que les rodeaba estaba plagada de mensajes claros que podían descifrar con la misma sencillez con que nosotros interpretamos las señales de tráfico de nuestra ciudad. Los hombres sabían que el inevitable enfrentamiento con la fiera estaba cerca. Resultaba evidente que se trataba de un animal lento y viejo, aunque, como había dicho Kysanto, diabólicamente astuto. Tanto era así, que en más de una ocasión estuvieron a punto de perderle la pista. Pero al fin habían logrado arrinconarlo, demostrando con ello ser más taimados que él.

---

[7] cálao de pico rojo *(Tockus erythrorhynchus):* ave de unos cincuenta centímetros de longitud, provista de un gran pico curvado hacia abajo. Su plumaje es blanquecino a excepción de las alas y la cola, que son negras con manchas blancas. Anidan en oquedades de los árboles, cuya entrada tapian con barro mientras dura la incubación de los huevos. La hembra queda encerrada junto a sus polluelos y es alimentada por el macho a través de una pequeña abertura.

Conteniendo la respiración, los bowassi se aproximaron con sigilo a un pequeño grupo de arbustos que crecían junto al río. Sus músculos estaban tensos y las lanzas vibraban entre sus dedos, dispuestas para ser arrojadas con fuerza a la menor señal de peligro.

El rastro del leopardo estaba fresco. Caliente.

Los excrementos del animal eran tan recientes que las moscas aún no habían acudido a posarse sobre ellos. Algunas de las hierbas aplastadas bajo el peso de sus patas ni siquiera habían tenido tiempo de enderezarse. Incluso era posible percibir, flotando en el aire pesado de la mañana, el inconfundible aroma del animal: un olor engañosamente agradable, parecido al que desprende el suave y limpio pelaje de un gato doméstico.

Mutembo y Likongá intercambiaron una mirada significativa. El camino moría junto a la ribera y el cerco no permitía escapatoria: el encuentro se hacía inexorable. Como respuesta a sus conjeturas, las hojas del matorral se agitaron con un estremecimiento casi imperceptible, confirmando que la fiera estaba agazapada allí dentro.

Acorralada.

Se encontraban ya a menos de cincuenta pasos de la frondosa maleza donde les aguardaba el animal. A pesar de que sus ojos sólo podían apreciar una espesa cortina de follaje de aspecto inofensivo, cada uno de los bowassi sabía lo que se ocultaba detrás, y con su imaginación podían adivinar los detalles que sus miradas no podían percibir: los músculos tensos bajo la piel moteada, las fauces entreabiertas, el hocico retraído dejando al descubierto los poderosos colmillos, el par de ojos amarilloverdosos de mirada penetrante y las orejas aplastadas contra el cráneo, replegadas hacia atrás para el ataque... Likongá tragó saliva con dificultad y lanzó unas órdenes escuetas a los hombres que estaban a su mando:

–¡Kwasway! ¡Mpundu! Id por el lado izquierdo. ¡Lisangu! ¡Lofundu! Avanzad por el derecho. Mientras tanto, Mutembo y yo marcharemos de frente.

Todos asintieron y comenzaron a desplegarse según las instrucciones del hijo de Nsomo. Kabindji se había encaramado a un árbol próximo, desde donde observaba la escena con mucho interés. Se fijó en la actitud de Likongá, que, con cierto disimulo, procuraba situarse siempre detrás de Mutembo, escudado tras las anchas espaldas de su gigantesco compañero. De repente, un movimiento a la izquierda del camino distrajo la atención del grupo de cazadores. Por el sendero acababa de aparecer la esbelta figura de una muchacha. Ignorante del peligro, la chica caminaba con paso airoso y decidido, deteniéndose de cuando en cuando para recoger algunas hierbas que guardaba en una pequeña cesta. Sus pasos la conducían directamente hacia el escondrijo donde se ocultaba la fiera. Kabindji sintió que su corazón dejaba de latir, pues acababa de reconocer a la recién llegada:

¡Bwanya!

Los guerreros, que ya habían iniciado el despliegue, se volvieron hacia su jefe en espera de instrucciones, pero Likongá parecía superado por los acontecimientos y no hacía más que farfullar órdenes sin sentido:

–¡Kwasway y Mpundu..., proteged a la chica! Esperad..., Lisangu está más cerca. ¡Hay que atacar al leopardo! ¡No, un momento, es mejor esperar a que ataque él!

Ante semejante cúmulo de contradicciones, los hombres vacilaron, indecisos. Kabindji, en cambio, no lo dudó ni un instante. Había venido con el simple propósito de observar los acontecimientos, sin albergar la intención de intervenir directamente. Pero la súbita aparición de la muchacha cambiaba la situación; la había reconocido y eso bastaba. Actuó con celeridad: se dejó caer al suelo mediante un ágil salto y emprendió una veloz carrera hacia el lugar donde se encontraba el leopardo.

Kabindji solía considerarse a sí mismo un valiente, y el hecho de sentirse cada vez más asustado a medida que menguaba la distancia que le separaba de la fiera no cambiaba esa opinión. Siendo apenas un niño, su tío Kysanto le había enseñado que el auténtico valor sólo puede demostrarse cuando se tiene miedo. Recordó con claridad aquellas palabras: «La valentía crece a partir de tus propios temores, y se alimenta de ellos. En eso consiste el mérito. Un guerrero sin miedo nunca podrá ser valiente, tan sólo un loco o un imprudente. Cuanto más miedo tengas, más heroico llegará a ser tu comportamiento. Lo único que debes hacer es aprender a dominarte, a utilizar la energía de tu propio temor sin dejarte apabullar por el pánico.» Un consejo que le habría venido de perlas a Likongá.

El joven pigmeo pasó al lado de la estupefacta muchacha y continuó su veloz carrera en dirección a los matorrales. Ahora Kabindji sentía aumentar la frecuencia de los latidos de su corazón y cierto cosquilleo en la boca del estómago. Hubiera preferido no estar allí, no tener que enfrentarse directamente al torbellino de garras y dientes en el que el felino se convertiría muy pronto. Sí, estaba atemorizado, pero también sabía que ese mismo sentimiento que le invadía le sería útil a la hora de luchar. Aunque Kabindji ignoraba la existencia de la adrenalina, había tenido ocasión de familiarizarse con sus efectos. A sus diecisiete años, y a pesar de no estarle permitido participar en las cacerías, ya poseía cierta experiencia en enfrentamientos con animales peligrosos, pues la selva está plagada de ellos. Sin embargo, nunca hasta entonces había tenido que vérselas cuerpo a cuerpo con un leopardo adulto. Mucho más terrible que la fiera en sí lo era el hecho de no poder verla: resultaba espantoso saberse tan cerca, intuir su mirada fría y calculadora y su cuerpo listo para el salto fatal.

Nadie sabrá nunca lo que ocurrió dentro del sagaz cerebro de aquel leopardo. Es probable que ya se sintiera muy irritado por el hambre y el acoso que venía padeciendo durante horas cuando percibió aquella nueva amenaza: una insolente y delgada figura que osaba correr hacia él y atacarle. En condiciones normales habría huido, pues los leopardos procuran evitar enfrentarse con seres humanos adultos. Pero el felino debió de considerar que aquellas condiciones no eran normales: a su espalda estaban las profundas aguas del río, y a su alrededor había muchos hombres, así que su instinto le impulsó a lanzarse sobre aquella criatura algo más pequeña que las demás y que corría solitaria a su encuentro. Con un crujido, las ramas de los arbustos se separaron dejando paso a un nervudo cuerpo moteado que surgió como un proyectil en dirección al joven pigmeo...

Pero Kabindji ya estaba preparado.

Balanceando la lanza por su centro de gravedad, el brazo derecho de Kabindji había ido retrocediendo poco a poco hacia atrás, almacenando así todo el ímpetu de su veloz carrera. De pronto, los músculos del muchacho se tensaron como un poderoso y único resorte de acero. Su cuerpo de ébano se arqueó y giró sobre sí mismo para vencer la inercia del pesado venablo, que salió despedido al encuentro del animal. Durante un instante Kabindji tuvo la sensación de haberse desgarrado de arriba abajo por la excesiva violencia del movimiento, y sintió todos sus nervios recorridos por un latigazo de dolor. Pero no prestó atención a nada que no fuera la trayectoria de su arma.

Erró el tiro.

Quizá debido a su inexperiencia, o al excesivo ímpetu del lanzamiento, el venablo se clavó profundamente en la blanda tierra, tan sólo a unos pocos centímetros del cuerpo del animal. El entusiasmo inicial del joven cazador se trocó en verdadero pánico al comprobar lo cerca que estaba de la bestia. Incapaz ya de frenar su carrera, desenfundó su viejo machete y se preparó para lo que sin duda sería una lucha a muerte. A pesar de contar con la mellada hoja de su arma, Kabindji sabía que no tenía muchas posibilidades de derrotar al enfurecido felino.

Y entonces sucedió algo sorprendente.

El animal se quedó plantado delante del muchacho, mirándole fijamente con sus grandes ojos dorados. Aunque viejo, se le veía aún flexible y vigoroso, con el cuerpo recubierto por multitud de cicatrices; había algunas zonas calvas en su pelaje lustroso y, además, le faltaba más de la mitad de la oreja derecha. Cuando Kabindji, armado con su machete, se abalanzó sobre el felino, éste se limitó a apartar al muchacho de un zarpazo. Luego dio media vuelta y se alejó, eludiendo el combate. En ese instante, los demás guerreros reaccionaron arrojando sus venablos, aunque ninguno de ellos logró acertar a la saeta moteada que ya se esfumaba entre la vegetación.

Kabindji rodó por el suelo al tiempo que notaba en el muslo el doloroso fuego de cuatro largos cortes, aunque enseguida supo que no eran profundos. Todos los presentes se habían quedado boquiabiertos ante la inesperada reacción del leopardo, que nadie acertaba a explicarse. ¿Por qué había cambiado de parecer en el último instante? El más perplejo era el propio Kabindji, que no podía apartar de su mente la mirada que le había dedicado el animal justo antes de desaparecer: una mirada pavorosa y escalofriante, pero al mismo tiempo inteligente y casi... humana. La sensación de algo cálido y pegajoso que fluía a lo largo de su pierna le sacó finalmente de su estupor.

Los ojos de la muchacha permanecían clavados con incredulidad en el lugar por donde acababa de desaparecer la bestia que tan cerca había estado de arrebatarle la vida. Todos los guerreros habían utilizado sus armas..., todos excepto Likongá, que observaba estúpidamente la lanza que aún sostenía su mano. La expresión alelada del hijo del jefe cambió de repente, y su mirada expresó de golpe toda la frustración y la vergüenza que sentía al no haber sabido estar a la altura de las circunstancias. Avanzó directamente hacia Kabindji, y por su actitud parecía dispuesto a ayudar al joven a ponerse en pie. Enseguida todos comprendieron que no era ésa su intención: los ojos del hijo de Nsomo se habían estrechado hasta quedar convertidos en dos finas rendijas, dos delgadas aberturas por donde asomaba todo el odio que un hombre puede llegar a sentir hacia otro. Su mirada lo decía todo: alguien había osado arrebatarle la gloria, el heroico derecho que le correspondía como líder y como futuro heredero del trono de los bowassi. Apartando sus ojillos crueles del cuerpo tendido del muchacho, clavó su lanza en el suelo junto a él y gritó:

–Viniendo hasta aquí has desobedecido la prohibición, y sólo eso ya es muy grave. Pero con tu inoportuna intervención has destrozado la labor de varios días de cuidadoso acecho, algo absolutamente imperdonable. Por tu culpa esa bestia seguirá matando a nuestra gente. ¡Serás juzgado por esto! No tienes derecho a estar aquí, maldito pigmeo, y ni siquiera eres digno de llevar una lanza –no sin grandes esfuerzos arrancó el arma de Kabindji de la tierra húmeda y la esgrimió por encima de su cabeza, añadiendo–: He aquí la lanza de Likongá, el hijo de Nsomo: mi lanza.

Con ella, yo, Likongá, futuro jefe de los bowassi, he ahuyentado a la bestia justo a tiempo de salvar la vida de la joven Bwanya.

Todos agacharon la cabeza excepto Mutembo, que se plantó delante del hijo del jefe y habló con su voz profunda:

–No ponemos en duda tu valentía, Likongá. Pero debemos reconocer que hemos fracasado en nuestra misión: el animal ha escapado. De no ser por la audaz intervención de Kabindji, Bwanya estaría muerta en estos momentos, y mi orgullo como bowassi y como guerrero me impide negar el valor de quien acaba de demostrarlo con creces.

Likongá hizo una mueca grotesca mientras señalaba hacia el cuerpo del pigmeo, que permanecía tendido en el barro.

–¿Me hablas de orgullo bowassi?, ¿de orgullo guerrero? Todo eso me parece muy bien. Pero él no es un bowassi, ni siquiera un guerrero. Aceptaría gustoso lo que dices si el leopardo hubiese sido ahuyentado por Lofundu..., o por Kwasway..., o por cualquiera de los de nuestro grupo. Pero él no es uno de nosotros. No es más que un sucio pigmeo. Un animal apestoso. Pertenece a otra raza y no posee ningún derecho entre los de nuestro pueblo. ¿Pretendes arrebatarle la gloria al hijo de tu jefe para dársela a un bastardo de otra raza?

Mutembo miró a los demás y comprendió que ninguno de ellos le apoyaría. Likongá prosiguió:

–Ese enano no estaba autorizado a portar armas, ni siquiera a participar en la batida. Nos ha seguido a hurtadillas, como la hiena persigue al león para arrebatarle su presa en cuanto se descuide. Ha intervenido para humillarme, para humillarnos a todos. Así es como pretendía ganarse esos derechos que no le corresponden; tal vez incluso ansiaba poder desposar a una bowassi y mezclar su sangre impura con la nuestra. ¡No lo permitiremos! Volveremos al poblado y le otorgaremos el mérito de esta gesta a quien le corresponde, que soy yo: el que mandaba esta expedición. Y ahora, Mutembo, te doy a elegir: ¿vas a ponerte del lado de nuestro pueblo, o prefieres defender a ese enano?

Tras un instante de vacilación, Mutembo agachó la cabeza y retrocedió un paso. Satisfecho con su victoria dialéctica, Likongá ordenó:

–Este miserable ha impedido que acabemos con la amenaza que asola nuestro poblado, pero al menos la hemos ahuyentado antes de que atacase a Bwanya. Regresemos cuanto antes para celebrar nuestra victoria.

–¡Honor a Likongá, hijo de Nsomo! –exclamó una voz.

Tímidamente al principio, pero cada vez con más fuerza, los demás guerreros corearon el grito, con las lanzas apuntando al cielo:

–¡Honor a Likongá!

Capítulo quinto

Humillación

El calor aumentaba a medida que el sol, en su veloz ascenso a través del cielo brumoso, se acercaba al cenit. Afortunadamente, gran parte de la luz abrasadora del mediodía se perdía entre el follaje de las ramas altas y rara vez lograba alcanzar el estrato más profundo del ecosistema: el umbrío y enmarañado laberinto que el grupo de guerreros recorría de camino hacia su hogar. Se movían en silencio, sin prestar atención a las densas bandadas de mariposas blancas que levantaban el vuelo entre sus pies descalzos, ni a las pequeñas moscas tse-tse que revoloteaban a su alrededor emitiendo su zumbido característico. De cuando en cuando, alguno de esos dípteros de abdomen plano se posaba con suavidad sobre alguna piel tatuada y permanecía muy quieto, con las alas cruzadas una sobre la otra y sorbiendo con avidez la sangre caliente y nutritiva. Pero los guerreros apenas prestaban atención a aquellas peligrosas picaduras capaces de transmitir la enfermedad del sueño.

A pesar de no haber podido cumplir con éxito la peligrosa misión que el resto de la tribu les había encomendado, al menos podían alardear de haberse enfrentado al animal y salvado la vida de la joven Bwanya, un hecho que llenaría de admiración a las mujeres y a los jóvenes del poblado. Sin embargo, la expresión ceñuda de los rostros fatigados y sudorosos traicionaba el clima de tensión que se había establecido entre ellos. Cada uno de los habitantes de la selva, ya sea humano o animal, arrastra consigo el peso de dramáticos episodios que han marcado su azarosa existencia. En la memoria de todas las criaturas del gran bosque se entremezclan glorias y miserias, momentos heroicos o mezquinos que se suceden a lo largo de sus vidas y que en muchos casos sólo ellas conocen.

En las cercanías del poblado se toparon con algunos niños que habían salido al encuentro de la expedición y que se quedaron ensimismados escuchando el relato de la aventura, una versión muy exagerada y aumentada de lo sucedido. Luego, entre gritos y palmas, se unieron a la comitiva, muchos de ellos soñando con el lejano día en que les tocaría protagonizar acciones similares.

En las proximidades de la aldea la vegetación se hacía menos densa, permitiendo al grupo avanzar con mayor rapidez y desenvoltura. Al frente de la comitiva marchaba Likongá, con la cabeza enhiesta. El hijo de Nsomo se sentía plenamente satisfecho; la verdad es que ya había planeado atribuirse el mérito de aquella operación, fuese quien fuese el verdadero héroe, pero la aparición de Bwanya y la oportuna intervención del pigmeo habían resultado muy convenientes. Ahora sabía muy bien que nadie se atrevería a poner en duda su proeza..., al menos en público. Aquellos que le conocían bien podían sospechar algo raro, pero no hablarían.

Detrás de Likongá caminaba sumisa Bwanya, con la mirada clavada en el suelo que pisaba. Kabindji se arrastraba en último lugar, cojeando y con ciertas dificultades para mantener el paso de los demás. La hemorragia de su pierna había cesado, pero la sangre seca formaba costras duras que tiraban de su piel a cada paso. Tras colocarle un tosco vendaje, Bwanya le había aplicado sobre la herida algunas plantas curativas, las mismas que había estado recolectando antes del encuentro con el leopardo. A pesar del dolor sordo que el muchacho sentía latir bajo el apósito, aquellos arañazos ni siquiera le preocupaban, y las lágrimas que resbalaban por sus mejillas eran fruto de la rabia y la impotencia. Lo que realmente le hacía sufrir era esa otra herida que venía a sumarse a sus últimas desventuras, una herida mucho más profunda y lacerante que los arañazos del felino: la humillación. Humillación que se unía a tantas otras tropelías de los habitantes de aquel pueblo que siempre había considerado suyo, a pesar de los malos tratos que en muchas ocasiones había recibido en él. Y la presencia de Bwanya en aquel episodio complicaba aún más las cosas. De haber ocurrido únicamente entre guerreros, el asunto habría sido más soportable y, al igual que en ocasiones precedentes, Kabindji habría aceptado resignado la ofensa.

Una vez en el interior de la aldea, los guerreros lanzaron sus gritos de triunfo y se congregaron en el centro de la gran plaza central. Una alegre multitud de hombres, mujeres y niños se arremolinó en torno a los recién llegados, ansiosa por escuchar los pormenores de la aventura. Likongá avanzó pomposamente hasta situarse en un lugar destacado y levantó la mano con gesto arrogante. El hijo de Nsomo conocía a la perfección el arte, aprendido de su padre, de cautivar a las masas con una serie de poses y actitudes sabiamente estudiadas. Se irguió en toda su impresionante estatura y echó hacia atrás la cabeza, agitando al viento el conjunto de llamativas plumas de cálao que la adornaba. Los duros rasgos de su rostro, acentuados por las pinturas y los tatuajes, se contrajeron en una orgullosa mueca desafiante. Por primera vez en su vida se atrevió a emular el grito del jefe:

–*¡Ñe-ñé!* –gritó, exultante.

–*¡ÑÉ!* –respondió la multitud.

–*¡ÑE-ÑEEÉ!* –bramó Likongá a pleno pulmón.

–*¡ÑEEEEEEÉ!*

Los ecos del grito, coreado al unísono por cientos de gargantas, se perdieron a gran distancia a través de la selva. Nsomo salió precipitadamente de su choza, incapaz de creer lo que estaba viendo. Desde el centro de la plaza, la voz de Likongá llegaba con nitidez a los sorprendidos oídos del jefe:

–El gran Likongá, hijo de Nsomo, glorioso jefe de los bowassi, acaba de enfrentarse a la fiera que amenazaba a nuestros niños y asustaba a nuestras mujeres –extendió la punta de la lanza arrebatada a Kabindji para que todos pudiesen verla bien y añadió–: El leopardo ha escapado a la muerte huyendo como una rata asustada ante mi presencia, y dudo que se atreva a regresar por aquí en mucho tiempo. Una vez más, Likongá ha demostrado el gran amor que siente hacia su pueblo..., ese pueblo por el que siempre estará dispuesto a luchar. Pero en esta ocasión lo ha hecho aún con más entusiasmo que otras veces, si cabe, pues se trataba de salvar la vida de Bwanya. Y aquí se puede adivinar la mano poderosa de *Nzeneneké*, el espíritu del bosque: Likongá ha sido elegido para salvarle la vida precisamente a nuestra joven Bwanya... Y ¿por qué a ella...?

La multitud se mantenía en expectante silencio. A pesar del gran número de personas congregadas en torno a la plaza, podía oírse incluso el vuelo de las moscas y los tábanos. El hijo del jefe prosiguió:

–... Una coincidencia como ésta no debe ser ignorada, así que declaro aceptar formalmente los designios de las fuerzas poderosas que gobiernan nuestros destinos. Bwanya será mi esposa. Ha sido escogida de modo inequívoco para convertirse en la primera mujer de Likongá, hijo de jefe y futuro jefe. Y yo os pregunto: ¿puede haber una ocasión más hermosa que el día de hoy, cuando acabo de salvarle la vida, para anunciaros esa buena nueva?

La multitud prorrumpió en risas y gritos, y algunos comenzaron a batir palmas y a corear cantos nupciales. Mordiéndose los labios para contener el grito de rabia que pugnaba por surgir de su atenazada garganta, Kabindji volvió la mirada hacia la muchacha en busca de apoyo, de alguna mínima señal de reconocimiento, pero los ojos de Bwanya se mantenían obstinadamente clavados en el suelo polvoriento de la plaza. Mientras tanto, la arrogante voz de Likongá proseguía su endiosado discurso:

–También me alegro de haber podido salvar la vida de Kabindji, que una vez más ha demostrado ser indigno de la hospitalidad que nuestro pueblo siempre le ha brindado. Después de desobedecer la prohibición de asistir a la cacería y presentarse de improviso, el pigmeo llevó su osadía hasta el extremo de intervenir en el momento decisivo. Tras largas horas de esfuerzos, habíamos logrado conducir al astuto leopardo a un terreno sin árboles, apropiado para darle muerte. Fieles a una hábil estrategia que yo había ideado, nos dispersamos para rodear a la fiera en su escondite. Puede decirse que no tenía escapatoria..., pero entonces sucedieron dos cosas que echaron a perder todo nuestro trabajo: primero apareció Bwanya, aunque ella cuenta con la disculpa de no saber lo que estaba sucediendo. Luego se entrometió nuestro enano aprendiz de guerrero, dispuesto a intervenir. Él sí sabía lo que ocurría; nos había estado siguiendo desde nuestra salida del poblado. Por culpa de su torpe acción perdimos definitivamente la oportunidad de eliminar a la bestia.

Todas las miradas recayeron en la solitaria figura de Kabindji, que se mantenía apartado del resto de la multitud.

–Sin duda para impresionar a la muchacha, el enano se abalanzó hacia el leopardo gritando y haciendo aspavientos –en medio de las risas de los asistentes, Likongá comenzó a vociferar y a gesticular en una cómica parodia destinada a ridiculizar al joven cazador–. Nuestro Kabindji es muy feo, así que debió de pensar que su aspecto y sus gestos bastarían para asustar al animal, que huiría espantado nada más verle... –más risas–. Hablemos en serio. Puede que a algunos de vosotros os parezca un acto valeroso, pero os aseguro que fue un disparate y, de hecho, ahí tenéis el resultado –Likongá señaló hacia la pierna herida del muchacho–. Si no llego a intervenir a tiempo, ese imprudente ya no estaría entre nosotros.

Incapaz de aguantar por más tiempo la falaz impostura de aquel cobarde charlatán, Kabindji se precipitó hacia delante, dispuesto a defender la verdad, pero una mano se posó con firmeza sobre su brazo y le retuvo. Al volver la cabeza se encontró con la distinguida figura de su tío Kysanto. La mano del anciano lo sujetaba sin esfuerzo, pues, a pesar de su edad y su delgadez, el cuerpo del viejo guerrero se mantenía aún derecho y vigoroso, y la mirada serena de sus ojos profundos actuó como un sedante que apaciguó en parte la furia que ardía en el corazón del muchacho.

–Déjalo estar, Kabi –susurró en voz baja el anciano–. No importa lo que afirme ese engreído, ya que las palabras nunca pueden cambiar los hechos: Likongá seguirá siendo más torpe y cobarde que tú, a pesar de lo que diga...

–Pero ¡está mintiendo! –exclamó Kabindji al borde de las lágrimas–. Se pavonea delante de todos como si la cacería hubiese sido un éxito, cuando en realidad ha fracasado por su culpa. Fui yo quien ahuyentó al leopardo, mientras Likongá se dedicaba a gritar órdenes incoherentes. Fui el único que se atrevió a hacerle frente y a arrojarle una lanza..., aunque reconozco que erré el tiro. Las heridas de mi pierna demuestran que nadie más que yo se acercó al animal. Todos lo vieron y, sin embargo, nadie sale en mi defensa. ¿Por qué?

–Tus compañeros de cacería tienen miedo. Todos temen a ese imbécil, aunque quizá es su padre quien les asusta... Y hay algo más: son muchos los que odian a los pigmeos, con razón o sin ella, pero *os* odian... Mira a la gente a tu alrededor, observa su expresión de entusiasmo. Están embelesados con su nuevo héroe, el que algún día se convertirá en su próximo jefe. Nunca aceptarían como protagonista de la jornada a un extranjero al que desprecian. Les parece mucho más bonito que haya sido el heredero del trono quien ha salvado a su prometida, y muchos sueñan ya con la fastuosa boda que se aproxima. Nuestro pueblo necesita estas cosas para alimentar su orgullo, para mantenerse vivo; la gesta de Likongá será recordada durante años y repetida una y mil veces en las historias que se cuentan alrededor de las hogueras. Muy pocos sabrán que, en realidad, todo ocurrió de forma muy diferente. En definitiva, ¿qué importa?

–A mí sí me importa. Todo esto es injusto...

–¡La vida entera es una injusticia, Kabi! El jefe Nsomo también se atribuye a menudo ideas o decisiones que no son suyas, sino mías o de cualquier otro consejero.

–Te repito que la gente de este poblado es injusta. Y estoy cada vez más convencido de que fuisteis vosotros, los bowassi, quienes exterminaron a mi pueblo.

–No es bueno que digas eso –Kysanto lanzó una mirada inquieta hacia la multitud, que continuaba vitoreando a los supuestos triunfadores del día–. Marchémonos de aquí y vayamos a mi *ndako*[8]. Lejos de todo este alboroto hablaremos con más tranquilidad.

Una vez en el interior del chamizo del consejero, éste despachó a sus tres mujeres para que les dejaran solos. Al cruzarse con ellas, Kabindji se fijó en Busama, que intercambió con él una breve y sincera mirada de complicidad. Ajeno a ese detalle, Kysanto tomó asiento sobre un pequeño taburete de madera e invitó al muchacho a que hiciera lo mismo. La choza del consejero era mucho más amplia que el diminuto cuchitril al que Kabindji estaba acostumbrado. Una especie de biombos fabricados con mimbre trenzado servían para dividir el espacio en tres apartados destinados a cada una de las esposas. En todos los rincones se amontonaban objetos valiosos: telas, cuencos y pucheros de arcilla, machetes, adornos, etc. Contrariamente a las chozas más humildes, la vivienda contaba con dos puertas de acceso y tres ventanas protegidas con tela de rafia para evitar la entrada de los insectos. En todo aquel ambiente se respiraba riqueza y ostentación: de las paredes colgaban armas y pieles curtidas de diversos animales, y hasta el mismo suelo se hallaba recubierto en toda su superficie por multitud de esteras nuevas y brillantes.

Una vez acomodados, el anciano comenzó a hablar con su voz ronca. Mientras lo hacía, su arrugado rostro adoptó

[8] *ndako:* en lingala significa «casa» o «vivienda».

una expresión grave que Kabindji no recordaba haber observado jamás en su tío.

–Tswama y yo acordamos no revelarte nunca tu verdadero origen, pues pensamos que serías más feliz ignorando que en realidad eres un huérfano, un extranjero cuyos padres murieron en trágicas circunstancias. No comprendo por qué ella rompió nuestro acuerdo justo antes de morir. Yo no soy partidario de revelarte los detalles de la desgracia que se abatió sobre tu pueblo. Aquello pasó y no tiene solución. Eran tiempos de guerra, y de nada sirve revolver el pasado, especialmente cuando ya no es posible enmendarlo.

–Si tú no quieres decirme la verdad, preguntaré a los mayores y a los demás ancianos. Aún deben de quedar con vida muchos de los que participaron en el exterminio de los míos.

El consejero se encogió de hombros con un gesto de indiferencia.

–Nadie te dirá nada. Todos deseamos olvidar aquello; ni siquiera lo comentamos entre nosotros. Y, desde luego, tú serías la última persona a quien le revelarían algo. Piensa que son precisamente ellos, que tuvieron algo que ver en aquellas batallas, los que mejor saben quién eres tú: un botshuá, un superviviente de aquella carnicería. No te hablarán y, aunque lo hicieran, no lo comprenderías. Fue una lucha justa. Eran otros tiempos, y los pigmeos representaban una amenaza para nosotros. Todavía son muchos los que creen que el exterminio fue necesario.

Con la mirada clavada en el suelo, Kabindji apretó los dientes con rabia. En vista de su silencio, Kysanto prosiguió:

–Sólo te diré que el antiguo territorio de los botshuá se extendía al sur de nuestra comarca, más allá del *Libanga,* la gran piedra roja que marca el límite de nuestro territorio. Es una región peligrosa.

–Siempre he oído decir que a partir del *Libanga* se extiende el *zamba ya ebembe,* el bosque del muerto.

–La selva maldita. Sí, ese lugar siempre ha tenido mala fama entre nosotros, los bowassi, y los sangrientos acontecimientos que allí ocurrieron parecen confirmarlo. Es una comarca condenada.

–¿Cómo es que mi pueblo habitaba tranquilamente en ella?

Kysanto tomó una calabaza llena de *lotoko,* un fuerte aguardiente hecho con nuez de palma, y llenó dos pequeños cuencos. Tendió uno de ellos a Kabindji, que lo aceptó sorprendido; era la primera vez que su tío le ofrecía aquella bebida reservada a los guerreros adultos, a aquellos que habían cumplido con el *nkoma*. Tras vaciar su cuenco de un trago, el anciano respondió:

–Los botshuá siempre han tenido fama de ser poderosos hechiceros. De hecho, en la época que precedió al desastre, el brujo de los pigmeos presumía de tener grandes poderes mágicos..., aunque eso no le salvó la vida. Al final murió con los demás. Es posible que tu pueblo desapareciera precisamente por eso, por haber escogido un lugar endemoniado para asentarse, o por haberse equivocado de magia.

Kabindji bebió un sorbo del aromático brebaje y sintió cómo el fuego del aguardiente descendía por su garganta. Carraspeó ligeramente antes de anunciar:

–Mi madre habló de un culpable, un líder que acaudilló a todos los poblados bowassi. Dijo que ése era el auténtico responsable de la muerte de mi pueblo y de mis padres. ¿Sabes tú quién es y si vive aún?

El venerable Kysanto arqueó las cejas en un gesto de perplejidad.

–Es cierto que aquélla fue una acción conjunta en la que participaron muchos bowassi: varios poblados con sus respectivos jefes se unieron para defender lo que consideraban suyo: sus tierras de caza, sus hogares, la pureza de su raza y las sagradas costumbres de sus antepasados. Te repito que era la guerra..., la guerra de todos. Nunca hubo un único culpable.

–Yo entendí que alguien reunió a los jefes y los espoleó contra los botshuá. Un dirigente que soliviantó a los bowassi...

–Si mi hermana sabía tanto, ¿no te dijo ella su nombre?

–No pudo. Murió antes de pronunciarlo.

Tras unos instantes de silencio, Kabindji continuó:

–Quiero visitar mi antiguo pueblo... Necesito saber más cosas acerca de mis verdaderos antepasados. Quizá entre las ruinas de los botshuá encuentre lo que busco.

–Si intentas ir allí, me veré obligado a impedírtelo –murmuró Kysanto en tono sombrío–. Nuestra ley prohíbe pisar aquella tierra. Además, es una insensatez. No hay nada que pueda interesarte en ese lugar.

El joven cazador apuró el contenido de su cuenco y se dirigió hacia la puerta. Mientras la franqueaba, pensó que la tierra de sus antepasados le interesaba ahora más que nunca: su madre le había dicho que la mayoría de los bowassi fueron engañados. Necesitaba averiguar quiénes fueron los verdaderos asesinos que mataron a sus padres, y decidió que no se detendría hasta haberlos encontrado.

Capítulo sexto

La fuga

LA luz rojiza y vacilante de las hogueras recién encendidas penetraba por la puerta entreabierta de la choza, dibujando fantasmagóricas sombras sobre el adobe amarillento de las paredes. El breve crepúsculo había dejado paso a la noche cerrada, como lo demostraba un cambio en el griterío de los insectos y demás alimañas que surgía de la espesura: la vida nocturna acababa de tomar el relevo. A juzgar por la amalgama de apetitosos olores que llegaban hasta la nariz de Kabindji, resultaba evidente que las mujeres se afanaban ya en la preparación del *tsópu,* la cena, y aquello devolvió a su memoria el doloroso recuerdo de Tswama. A esas horas, su madre ya habría preparado algún plato exquisito que ambos compartirían en la intimidad del chamizo. Kabindji suspiró: a pesar de estar rodeado por una ruidosa multitud de gente, se sentía solo. Más solo que si estuviera perdido en medio de la selva. Cuando escuchó el gruñido de protesta de su estómago vacío, recordó que llevaba todo el día sin probar bocado.

Rastreó el interior de la choza en busca de algo de comida, sin conseguir nada que pudiera calmar su apetito. Sin embargo, aprovechó el registro para ordenar los pocos enseres de Tswama sobre una estera. Allí había de todo: dos trozos grandes de tela o *limputa,* varios utensilios de cocina, un caldero de cobre, tres cuencos de arcilla, un peine de metal (de los que se calientan al fuego para desenredar el pelo), tres púas de peinar, un colgante con una curiosa talla de madera, una pulsera de marfil, varias cintas de colores y dos madejas de mimbre trenzado.

Cuando hubo terminado el inventario de los objetos que pertenecieron a su difunta madre adoptiva, el muchacho enrolló la estera y la cerró por ambos extremos con fuertes cuerdas. Había decidido enterrar todo aquello lejos del poblado para que nadie se lo apropiara. De pronto, Kabindji cambió de opinión y desató uno de los lados del paquete. Introdujo su mano por la abertura y buscó a tientas entre la maraña de objetos que había en su interior. Notó algo circular que resultó ser la pesada pulsera de marfil. El marfil tenía escaso valor entre los habitantes de la selva, pero aun así decidió quedársela. Siguió buscando entre el revuelto montón de cosas hasta que al fin sus dedos palparon los redondos y pulidos contornos de la talla de madera. Tiró de ella hasta sacarla y la examinó durante unos instantes: el colgante representaba una cabeza de rasgos angulosos de cuyas orejas nacían los extremos de un aro de hueso en forma de lágrima que colgaba unos cuatro centímetros; era un *nkamba*[9]. Sorprendido por el curioso aspecto del objeto, que tenía una apariencia muy diferente a la de los adornos utilizados por los bowassi, Kabindji decidió quedárselo y, sin dudarlo un instante, pasó la cuerda alrededor

---

[9] *nkamba:* en lingala significa «engarce», y también «soporte» o «sujeción».

de su cuello. Observó el efecto que producía la figura tallada sobre su piel oscura. Satisfecho con el resultado, volvió a cerrar el paquete y lo apartó a un lado. Lo enterraría más tarde.

Con ayuda de un improvisado bastón, el joven salió renqueando de la choza hasta un oscuro rincón situado justo detrás de la empalizada, muy cerca de los palos sueltos que constituían su puerta secreta. Allí se tumbó boca arriba sobre la mullida vegetación y permaneció muy quieto, con la mirada perdida en el cielo. Las primeras estrellas empezaban a brillar entre las frondosas ramas de los gigantes de la selva, un espectáculo que siempre le fascinaba. Así es como pasaba gran parte de las cálidas noches, soñando despierto, imaginando mundos fantásticos donde las cosas eran diferentes.

Y mejores.

El elemento que siempre solía aparecer en sus ensoñaciones estaba relacionado con las leyendas que su madre le contaba de pequeño, en las que a menudo aparecía el mito del *biyambá-yambá*. Se trataba de un fabuloso talismán guardado por una enorme serpiente que, al parecer, lo llevaba dentro de su boca. Para hacerse con él era preciso matar a la serpiente, aunque eso no bastaba: antes de morir, el reptil podía escupir el talismán y lanzarlo a gran distancia. Era preciso pasarse horas o incluso días enteros buscando ese amuleto que desde tiempos remotos había sido codiciado por todas las tribus. Se creía que el poseedor del *biyambá-yambá* podía obtener unos poderes casi ilimitados. Tswama solía decir que el preciado objeto mágico había cambiado varias veces de manos a lo largo de las últimas décadas, hasta que finalmente desapareció en algún lugar no lejos del poblado de los bowassi.

Aquella historia del talismán le impulsaba a soñar y le servía de pretexto para sumergirse en un mundo diferente, en una vida en la que dejaba de ser un enano despreciado por todos para convertirse en un auténtico guerrero respetado por su valentía y habilidad como cazador. Se veía a sí mismo engalanado con los atavíos y tatuajes propios de un *mobali,* con su cuerpo y su cabeza adornados con las pinturas y galas rituales. A su paso, los hombres murmuraban con envidia y admiración, mientras que las mujeres sonreían dedicándole coquetas miradas provocativas. Y entre todas esas mujeres destacaba siempre Bwanya, la única en la que se fijaban sus ojos, la única cuya sonrisa le hacía estremecer.

Aquella noche, al igual que otras veces, Kabindji se quedó dormido en mitad de tales pensamientos, pero éstos no se interrumpieron, sino que se prolongaron en sueños tan vívidos y detallados que parecían reales. En ellos reapareció Tswama, su madre adoptiva, que se acercó a él y le acarició el pelo con ternura, como sólo ella sabía hacer... En ese momento, un suave roce sobre su piel le despertó. Había una figura femenina agachada a su lado, y el sorprendido muchacho pensó por un momento que su sueño se había hecho realidad y que su madre adoptiva había regresado del mundo de los muertos... Hasta que logró enfocar mejor la vista y comprendió que era Bwanya la que parecía haber surgido de sus fantasías y estaba a su lado. Pero la muchacha era real: podía verla, podía sentir el tacto de su piel cálida y suave, incluso podía percibir la delicada fragancia de su cuerpo...

Dudando aún de sus propios sentidos, Kabindji abrió la boca para hablar, mas la muchacha se llevó el dedo índice a los labios para indicarle que guardara silencio. En el suelo había una calabaza con leche de cabra y un cuenco humeante que contenía una jugosa porción de carne de antílope, media docena de sabrosas orugas asadas y un trozo de *tshikwanga*[10].

–Busama me ha pedido que te traiga esto –dijo Bwanya–. La pobre mujer supuso que estarías hambriento y se ha pasado la tarde cocinando para ti.

El delicioso aroma de aquellos suculentos manjares penetró en los pulmones del desfallecido joven, que sintió cómo su estómago se retorcía de dolor. Kabindji abandonó todo comedimiento y se lanzó al ataque, devorando todo aquello en un santiamén. Mientras tanto, Bwanya sonreía complacida al comprobar el excelente apetito del muchacho. Tras beber un largo trago de leche fresca, Kabindji se sintió lo suficientemente reconfortado como para contemplar el futuro desde una perspectiva diferente, y comprendió que la compañía de Bwanya contribuía mucho más a su bienestar que la cena que acababa de engullir.

–Ahora que tu madre ha muerto, ¿qué piensas hacer? –preguntó Bwanya.

Era la primera vez que se encontraban juntos, que hablaban en la intimidad. A Kabindji aún le costaba creer que aquello estuviese sucediendo de verdad. Se esforzó por responder con naturalidad a pesar de la fuerte emoción que le dominaba:

–Voy a irme de aquí. Tengo que averiguar lo que pasó con mi pueblo, con mis verdaderos padres.

–Lo suponía. ¿Volverás algún día?

–No lo sé –Kabindji se puso trabajosamente en pie–. Lo más probable es que no regrese nunca.

---

[10] *tshikwanga:* alimento básico en muchas regiones del Zaire, equivalente a nuestro pan, elaborado con harina de mandioca fermentada. Tiene un gusto y olor característicos.

–Voy contigo.

El sobresalto de Kabindji estuvo a punto de hacerle perder el equilibrio.

–¿Cómo dices? ¿Y tu boda con Likongá?

–Ése es uno de los motivos que me empujan a huir. Mira mi cara.

La muchacha giró su rostro hasta que la luz de la luna lo iluminó de lleno. Kabindji apenas pudo reprimir un grito al ver el estado lastimoso en que se encontraba: el labio inferior estaba partido y con restos de sangre seca, tenía un enorme chichón en la frente y el ojo izquierdo estaba tan hinchado que apenas podía separar los párpados. A Kabindji le costaba creer que aquel rostro tumefacto fuera el mismo que tanto había admirado días atrás. Las señales de aquellos golpes le producían mucho más dolor que si los hubiera recibido en su propia carne. Tratando de reprimir la rabia que crecía a oleadas en su interior, preguntó con voz temblorosa:

–¿Quién te ha hecho esto?

–Ha sido Likongá. Me golpeó simplemente porque me negué a dormir en su choza. Pero lo de menos son los golpes. No soportaría ser la esposa de ese imbécil. Antes me casaría con una hiena. Además, hace tiempo que murieron mis padres y no tengo a nadie en el poblado a quien echar de menos.

A pesar de la furia que aún sentía, Kabindji tuvo que hacer grandes esfuerzos para disimular la inmensa dicha que invadía su corazón al escuchar las palabras de la muchacha. Sin embargo habló con gravedad:

–¿Has pensado en las consecuencias? Likongá es testarudo y vengativo; acabas de sentir en tu propia carne los resultados de su crueldad. Te perseguirá y te castigará por tu desobediencia. Puede que incluso te mate.

–Es posible, pero prefiero correr el riesgo. Sin embargo, tienes razón en eso de que me perseguirán. Por tanto, será mejor que huyamos separados. A ti te dejarán en paz. En cambio, si vas conmigo, correrás tanto peligro como yo. Bastante hiciste ya por mí cuando me salvaste de las garras del leopardo.

–Iremos juntos o no iremos.

–Bueno...; está bien.

–Necesitaremos armas.

–Ya había pensado en eso. He conseguido todo lo necesario y lo he ocultado cerca de aquí, en un tronco hueco que hay detrás de la empalizada. Podemos recogerlo al salir.

El joven pigmeo tomó las manos de la muchacha bowassi entre las suyas y dijo:

–Yo te ayudaré a eludir a tus perseguidores y tú me ayudarás a encontrar lo que busco. En la selva siempre es bueno tener compañía. Pero, si hemos de morir, moriremos juntos.

Semejante a una llamada cargada de misterio, el peculiar grito de una rapaz nocturna resonó en algún lejano lugar de la espesura, y aquel sonido actuó como una señal en la mente de Kabindji, que se puso en movimiento. Una brisa suave y fresca soplaba a través de las ramas, arrancando un ligero murmullo a las hojas que agitaba a su paso. La luz de la luna se filtraba a través de los árboles salpicando la tierra con irregulares manchas plateadas. Las fogatas se habían extinguido, y el joven cazador dedujo que todos dormían ya. Aunque era tarde, aún les quedaban muchas horas de oscuridad para alejarse antes de que los habitantes del poblado iniciasen sus actividades. Le hizo una seña a Bwanya y ambos se dispusieron a emprender su viaje hacia lo desconocido. Llevaban muy poco equipaje; lo que más abultaba era la estera que contenía las pertenencias de Tswama, un fardo inútil que Kabindji se había empeñado en ocultar lejos del poblado.

Una vez en el exterior, volvieron a situar los palos de la empalizada en su posición original y colocaron los matorrales de forma que no se notara que los habían movido. Antes de alejarse definitivamente, los dos jóvenes se detuvieron un momento para lanzar una última mirada a la aldea dormida. Después dieron la espalda al conjunto de chozas sombrías que había sido su hogar e iniciaron la marcha. En escasos segundos, la espesura se los había tragado.

Capítulo séptimo

La selva prohibida

SENTADOS sobre el tronco de un viejo árbol caído, un reducido grupo de hombres conversaba en voz baja en medio de la oscuridad. No portaban antorchas ni habían encendido fuego alguno, por lo que el pigmento oscuro de sus pieles se fundía con las demás sombras que poblaban el apartado rincón de la espesura que habían escogido para reunirse. Hablaban en voz baja, casi susurrándose las palabras al oído.

–En el fondo, el chico pigmeo me produce lástima –dijo uno de ellos–. Creo que lo va a pasar muy mal ahora que su madre adoptiva ha muerto. Quizá hubiera sido mejor para él haber muerto con el resto de su tribu.

–Me temo que poco podemos hacer por él –respondió otro–. Tenemos asuntos más importantes que resolver. ¿Has visto de qué manera insidiosa están preparando al sucesor?

–Sí, pero eso da igual. Al fin y al cabo, los que mueven los hilos siguen siendo los mismos. Su poder crece y se vuelven más osados...

–Como entonces. Tú deberías saberlo. Por algo estás en el consejo de ancianos.

–Estar en el consejo no me sirve de mucho. No puedo enfrentarme a ellos yo solo. Afortunadamente, creo que aún falta mucho para llegar a lo de entonces.

–Yo no estaría tan seguro. Veo cada vez más síntomas de una vuelta a la situación que nos llevó al desastre. La maldad de *Nzeneneké* no ha desaparecido de nuestra comarca: sigue aquí. Puedo sentirla.

–Todos podemos sentirla.

Bwanya y Kabindji se adentraron en la selva con gran sigilo, pues aún podían ser descubiertos por algún trasnochador de oído fino. Al dar los primeros pasos, Kabindji había sentido con gran preocupación un leve dolor en el muslo, recuerdo de su encuentro con el leopardo. Sin embargo, descubrió aliviado que con ayuda de su bastón podía mantener sin dificultad el paso ligero de su compañera. La semioscuridad no suponía inconveniente alguno para los dos jóvenes, que conocían los aledaños del poblado como la palma de su mano y habrían podido moverse con facilidad incluso sin la ayuda del suave resplandor de la luna.

A medida que aumentaba la distancia que les separaba de la aldea, los latidos de sus corazones comenzaron a apaciguarse y su respiración se hizo más pausada. Caminaban cada vez menos preocupados por no hacer ruido. Sabían que ya nadie les oiría. Su única inquietud consistía en dejar tras ellos el menor rastro posible, y siempre que podían abandonaban el sendero a fin de evitar dejar huellas en el barro. Kabindji decidió que había llegado el momento de desembarazarse de los enseres de su madre, una carga pesada y molesta que entorpecía su avance. Aprovechando una cavidad natural que había bajo un grueso tronco, introdujo allí el fardo y, con la ayuda de Bwanya, lo recubrió con tierra y ramas hasta dejarlo perfectamente disimulado. Satisfechos con el resultado de su trabajo, reemprendieron la marcha con paso mucho más ligero. Apenas habían recorrido unos cientos de metros cuando el oído de Kabindji captó algo que le hizo detenerse en seco. Bwanya, que caminaba justo detrás, tropezó con él.

–¿Qué ocurre? –bisbiseó inquieta.

–Hay alguien ahí delante –respondió el muchacho con un hilo de voz.

Ambos permanecieron inmóviles mientras la vegetación se apartaba para dejar paso a una silueta enorme.

–¡Mutembo! –exclamaron los jóvenes al unísono.

–Vaya, vaya... –murmuró el guerrero sacudiendo la cabeza–. Parece que habéis decidido marcharos del poblado.

–¿Qué haces tú por aquí a estas horas? –preguntó Bwanya.

–Tenía algo que hacer, pero eso no os incumbe; soy un guerrero y puedo salir del poblado cuando me dé la gana. Lo vuestro es más grave. Debería llevaros de vuelta para que seáis castigados por desobediencia al consejo.

Kabindji esgrimió su machete con gesto amenazador y plantó cara al gigantesco guerrero.

–Te aprecio y te respeto más que a ningún otro bowassi, Mutembo. Aun así, debo advertirte que, si intentas conducirnos al poblado, tendrás que matarme primero –amenazó.

De un manotazo, Mutembo arrebató el machete de las manos del sorprendido pigmeo. Luego se echó a reír.

–No te ofendas, Kabindji. No eres tú quien me hace gracia. El día que espantaste al leopardo quedó claro que eres digno de respeto. Lo que me divierte es que creyeras en serio que os iba a entregar a Nsomo y a Likongá.

La luna estaba ya muy baja en el cielo, pero su luz plateada aún iluminaba una parte del pequeño claro donde se encontraban. Después de que Kabindji le explicara a Mutembo los detalles de su plan de fuga, el bowassi le devolvió el arma que acababa de arrebatarle y se sentó sobre la tierra húmeda. Distraídamente comenzó a juguetear con la punta de su lanza, trazando figuras imaginarias sobre la tierra mojada. A cada movimiento, los poderosos músculos de su brazo resaltaban bajo la piel negra y brillante, mientras sacudía la cabeza con vehemencia:

–Podéis confiar en mí, amigos míos –afirmó–. Existen muchas razones por las que nunca le revelaría a nadie el secreto de vuestra marcha. Si ponéis cuidado en no dejar rastros, vuestra desaparición parecerá tan misteriosa como la magia de Nsomo... Sin embargo, creo que cometéis un error abandonando así el poblado. Además, se cuentan historias espantosas acerca de esa región a la que os dirigís.

–Algo he oído –respondió preocupado Kabindji–. Supongo que el bosque que se extiende más allá de la gran piedra roja es lo que llaman *la selva prohibida*.

Mutembo clavó su lanza en el barro con un gesto de disgusto. Después dirigió hacia el pigmeo la mirada franca de sus ojos redondos y exclamó:

–¿Prohibida? ¡Ojalá sólo fuera eso! Yo más bien diría que se trata de un lugar maldito: allí hay una aldea abandonada cuyos habitantes fueron salvajemente asesinados..., y se dice que ahora sus espíritus vagan por los alrededores, clamando venganza... Ten por seguro que caerán sobre el primer desdichado que se atreva a profanar sus tierras.

–Suponiendo que tengas razón, a mí no me harían nada. Soy uno de los suyos. Y si Bwanya viene conmigo, también estará segura.

–No te fíes de eso. Están sedientos de venganza y no se detendrán a comprobar quiénes sois. Os chuparán la sangre y sorberán vuestros sesos antes de que puedas decirles que tú eres uno de ellos.

–¡Ja! Se nota que escuchas demasiadas historias de las que se cuentan por las noches junto al fuego.

Durante años habían circulado entre los jóvenes cazadores ciertos relatos terribles acerca de los horrores que se ocultaban en aquel paraje oscuro y solitario. Los mayores, sin embargo, evitaban hablar de ello o, si lo hacían, era siempre a escondidas y en voz baja. Se decía que allí había extrañas criaturas que absorbían los cerebros de sus víctimas a través de las cuencas de sus ojos. También se rumoreaba que las calles y plazas de la ciudad fantasma se poblaban, al caer la noche, con hordas de malignos demonios chupadores de sangre. A pesar de la claridad de la luna y de la compañía de Mutembo y Bwanya, Kabindji sintió cómo un escalofrío recorría su espina dorsal.

–¡Shh! Escuchad... –advirtió Kabindji de repente.

Al principio, tanto el guerrero bowassi como la muchacha fueron incapaces de oír nada que no fueran los murmullos y susurros habituales de la selva, hasta que, poco a poco, el inconfundible sonido de unas voces se abrió paso hasta sus sorprendidos oídos. Sujetando el brazo de Kabindji, la joven intentó arrastrarlo hacia la espesura.

–Por ahí hay gente, Kabi. Mutembo no corre peligro alguno, pero si nos encuentran a nosotros, estamos perdidos.

–¡Quietos! No debemos perder la calma –declaró el guerrero con firmeza–. Averiguaremos de dónde proceden las voces. Conviene que nos acerquemos un poco para investigar de quién se trata. No saben que estamos aquí, pues de lo contrario se mantendrían callados. Vamos, despacio...

Las voces se oían cada vez con más nitidez. No había duda: se trataba de una conversación que parecía surgir tras unos tupidos matorrales que se encontraban al otro lado del claro, a escasa distancia. Más intrigados que asustados, los tres se aproximaron al lugar del que surgía el insólito diálogo. A medida que se acercaban, todos reconocieron al dueño de una de las voces: era Nsomo, el brujo-jefe. ¿Qué diablos andaría haciendo a esas horas y tan lejos del poblado? Este descubrimiento les impulsó a redoblar sus precauciones, pues sabían hasta qué punto podía ser peligroso aquel hombre. Lo más intrigante era la identidad de la otra persona que conversaba con el jefe, el dueño de una voz desconocida y de timbre inquietante.

Con sumo cuidado para no provocar el menor ruido, Mutembo apartó el follaje y asomó la cabeza entre las hojas; Bwanya y Kabindji le imitaron. Al contemplar la escena que se desarrollaba en el centro de un pequeño calvero, los tres sintieron cómo se erizaba todo el vello de sus cuerpos: Nsomo aparecía en una extraña postura, acurrucado frente a los restos de una fogata de cuyos consumidos rescoldos aún brotaba una espesa columna de humo. Aunque el brujo-jefe tenía los ojos abiertos, su mirada ausente y vacía de expresión revelaba un estado mental próximo al trance místico. De sus labios entreabiertos surgían incomprensibles palabras pronunciadas en una lengua extraña, desconocida para el joven cazador, y esas palabras eran respondidas y coreadas por otra voz, ronca y gutural, muy distinta a la del jefe y que helaba la sangre por su sonido bestial e inhumano. Los tres asombrados espectadores tardaron algún tiempo en localizar la fuente de aquel sonido horrible, pues no había nadie a la vista aparte de Nsomo. La figura del brujo se alzaba solitaria en medio de aquel anfiteatro natural, sin ningún acompañante visible que justificara el absurdo diálogo que llegaba a sus asustados oídos.

Kabindji fue el primero en descubrir el origen de la voz que conversaba con Nsomo. Por un momento había llegado a pensar que el jefe hablaba consigo mismo, imitando con rara habilidad aquella otra voz misteriosa...

Hasta que se fijó de nuevo en el humo.

Lo que en principio había tomado por una simple humareda oscura que se elevaba con lentitud hacia el cielo, se reveló de repente ante los ojos del muchacho con su verdadera forma: la de algo vivo y maligno. Kabindji comprendió que ese algo no acababa de aparecer, sino que ya estaba allí desde el principio. Lo único que había cambiado era su forma de percibir las cosas. Algo parecido a lo que ocurría cuando, tras observar durante mucho tiempo la frondosa copa de un árbol sin ver nada más que ramas y hojas, surgía de pronto en su cerebro la nítida imagen de un ave o de un mono que hasta entonces había permanecido perfectamente camuflado, integrado de modo armonioso en su entorno. En este caso, sin embargo, el descubrimiento le llenó de espanto: a través de las espirales que se retorcían con ondulaciones propias de una serpiente enfurecida se adivinaban los ojos crueles y las fauces entreabiertas de un ser de pesadilla. Al asustado muchacho le resultó harto difícil distinguir con detalle el rostro de aquella criatura, puesto que su forma cambiaba continuamente en medio de la humareda. Parecía una mezcla de hombre y animal, con un hocico alargado similar al de un babuino, y el conjunto de sus rasgos sugería una maldad inconcebible. Sin embargo, por debajo de su aspecto terrorífico había algo indefinible en aquella criatura que revelaba una naturaleza femenina y primordial que casi... resultaba atractiva. Kabindji se sintió atrapado, incapaz de apartar la mirada de aquellos ojos insondables que parecían contener todo el misterio de la eternidad. Haciendo un enorme esfuerzo para vencer la parálisis que le mantenía inmóvil, se acercó a Mutembo y le susurró al oído:

–El humo... Está en el humo.

–Más bien creo que *es* el humo –respondió Mutembo.

–Escuchad –dijo Bwanya–. Ahora esa cosa habla en nuestra lengua.

La columna de humo se retorcía cada vez con más energía, y su voz pronunciaba terribles palabras que encogían el corazón de los tres curiosos:

–... Debes preparar a tu pueblo para nuevas conquistas que ensanchen vuestros horizontes. La sangre de vuestros enemigos ha de empapar de nuevo la tierra. Afilad vuestros machetes para que puedan segar las vidas inútiles de todos aquellos que no pertenecen a vuestra noble raza. Necesito sangre. Mucha sangre. Sólo así obtendréis mis favores y mi poder.

–Es mucho más grave de lo que pensaba –dijo Mutembo arrastrando a sus jóvenes amigos–. Ha vuelto a empezar... y tenemos que pararlo como sea. De momento es mejor alejarse...

Mientras los tres corrían dando trompicones a través de la espesura, el resplandor anaranjado del amanecer iba sustituyendo paulatinamente a la palidez monocroma de la luna. En muy poco tiempo la selva pasó del duro y contrastado blanco y negro a una rica paleta de brillantes colores. A medida que las amenazantes sombras nocturnas se disolvían, los corazones de Bwanya, Kabindji y Mutembo recuperaban su ritmo habitual.

–¿Qué era eso? –se atrevió a preguntar por fin Kabindji.

–Lo que acabamos de presenciar demuestra todo el horror que se esconde tras los planes y brujerías de Nsomo, que aunque ya han llegado muy lejos, no son nada nuevo –Mutembo hablaba con calma, y su respiración apenas se había acelerado a pesar de la larga carrera–. No hace mucho tiempo que algunas personas se atrevieron a rendir culto a esas mismas divinidades aterradoras, y con ello atrajeron guerras y desgracias sobre toda la comarca. Se trata de seres poderosos y malvados, monstruos astutos siempre sedientos de sangre... Demonios antiguos que llevaban mucho tiempo olvidados. Y así deberían continuar.

–Ese rostro horripilante..., ¿lo hemos visto realmente? –preguntó Bwanya con un estremecimiento–. ¿Quién crees que puede ser? ¿Uno de esos demonios antiguos?

–Por lo que sé, podría tratarse del mismísimo *Nzenenéké,* la arcaica y malévola divinidad de la espesura.

–Nze... ne... ne... ké –repitió Bwanya con un escalofrío–. Likongá y Nsomo lo nombran a veces... Tenemos que hacer algo.

–Sí –dijo Kabindji entusiasmado–. Entre los tres podemos atacar a Nsomo y obligarle a destruir ese maleficio.

–No tienes ni idea de la naturaleza de la amenaza a la que nos enfrentamos –Mutembo hablaba con gravedad–. Si fuera tan fácil, hace tiempo que lo habríamos resuelto. Pero, además de Nsomo, hay otras personas implicadas. Existe mucho poder detrás de ese mal que ha echado raíces en nuestro pueblo. Por suerte, no está todo perdido aún. Ya lo derrotamos una vez, y lo volveremos a hacer.

–Dices que lo volveréis a hacer... ¿Quiénes?

–No todos los bowassi estamos de acuerdo con esto que acabáis de ver. De hecho, cuando nos hemos encontrado hace un rato, yo regresaba de una reunión secreta con otros hermanos que desean erradicar de una vez por todas esa maldición que nos atormenta.

–Nosotros también podemos ayudar...

–¡No! Vuestra presencia no haría sino complicar aún más las cosas. Debéis proseguir vuestra huida y alejaros cuanto antes. Aquí corréis demasiado peligro. Nosotros resolveremos este asunto.

–Pero...

–¡Adiós, y suerte! –zanjó el guerrero, y sin una palabra más dio media vuelta y desapareció entre la vegetación.

Tras separarse de Mutembo, Bwanya y Kabindji caminaron sin descanso durante muchas horas. A lo largo de todo el día avanzaron taciturnos y sin apenas pronunciar palabra, impulsados por el único deseo de aumentar la distancia que les separaba del horror que habían presenciado aquella noche.

Capítulo octavo

Perseguidos

LA columna de guerreros, armados hasta los dientes, se abría paso en silencio a través de la espesura. Varios metros por delante del pequeño ejército, dos hombres que se habían adelantado a los demás caminaban con los sentidos atentos al menor indicio que les pudiese dar una pista. Hasta el más pequeño detalle podía servir: una ramita partida, un ínfimo residuo de barro, algunas briznas de hierba aplastadas...; nada escapaba al minucioso análisis de sus ojos expertos. Iban ataviados de modo diferente, e incluso sus armas eran distintas. El más joven vestía un taparrabos de tela y una especie de capa de piel de leopardo, una prenda que indicaba lo elevado de su rango. En su mano derecha llevaba un grueso machete que utilizaba de cuando en cuando para seccionar las ramas bajas que entorpecían su avance. Su acompañante, en cambio, se servía del largo mástil de su lanza para hurgar y remover cualquier elemento que le pareciera digno de examen.

–Hay que reconocer que son muy hábiles –se quejó el del machete–. Me temo que hemos perdido sus huellas.

–Yo no diría eso. Nadie puede evitar dejar un rastro cuando camina por la selva, por muy sutil que sea. Debemos demostrar más paciencia que una hiena: nunca abandona la pista de un animal herido.

–Podemos regresar al poblado y pedirle a mi padre que organice una batida con todos los guerreros.

El otro pareció ignorar esas palabras y se mantuvo callado. Se encontraba fuera del sendero, entre los matorrales, y permanecía con la mirada fija en algo que colgaba de las ramas de un arbusto espinoso.

–¡Acércate! –dijo al fin–. Mira esto.

El del machete obedeció de mala gana.

–... Es una cáscara de fruta... Parece de una papaya –lanzó una mirada hacia las copas de los árboles–. Debe de haber monos por aquí...

–Fíjate bien en esa hendidura. Es la marca de una punta de lanza. Los monos no necesitan instrumento alguno para alcanzar la fruta.

–Tienes razón. ¡Son ellos! Y la cáscara está fresca... Eso indica que han pasado por aquí hace poco tiempo. Vamos por buen camino.

–Nunca lo he dudado –el rostro del portador de la lanza se iluminó con una sonrisa–. Pronto podrás vengarte de ese miserable pigmeo que ha osado llevarse a tu prometida. Nadie puede burlarse impunemente del hijo de un jefe bowassi.

–Siempre he confiado en tus habilidades, amigo Lisangu. Cuando yo sea el jefe, te nombraré mi lugarteniente y serás mi brazo derecho. En cuanto a esos dos fugitivos, pronto los alcanzaremos... Es sólo cuestión de tiempo.

–Y, con la tormenta que se avecina, lo tendremos aún más fácil. El barro no perdona.

La tormenta cesó tan bruscamente como se había iniciado. En pocos minutos las negras nubes se dispersaron y la cálida luz de la tarde atravesó de nuevo las ramas altas, trazando luminosas vetas brillantes a través de la vaporosa atmósfera tropical. Diminutas gotas de lluvia, acumuladas durante el breve chaparrón sobre hojas y tallos, brillaban ahora como pequeñas joyas esparcidas por algún dios caprichoso, mientras el cacareo de las aves y el griterío de los monos invadían el aire con su escandalosa algarabía. Hechizado por el conmovedor espectáculo, Kabindji había aprovechado el momento para tomarse un breve descanso y comer un par de mangos maduros que Bwanya había recolectado por el camino. El joven pigmeo procedió a revisar el equipamiento de viaje que la muchacha había conseguido reunir. Descolgó de su hombro el arco, un arma precisa construida con la flexible madera de un árbol parecido al tejo y una cuerda de tendones de antílope. En el carcaj de piel de mono llevaba nueve flechas envenenadas, todas ellas de excelente acabado; alguien debía haber dedicado muchas horas a tallarlas y pulirlas. Luego examinó su lanza con punta de cobre; aunque no era tan buena como la que Likongá le había arrebatado el día de la cacería del leopardo, el arma parecía capaz de atravesar el cuerpo de un jabalí verrugoso a más de treinta metros de distancia. También transportaba una pequeña reserva de material variado en el interior de una escarcela de cuero. Allí había de todo, desde una madeja de tendones para reponer la cuerda del arco hasta puntas de recambio de cobre y hueso para la lanza y las flechas. La herramienta más valiosa de todo aquel conjunto eran unas mandíbulas de protóptero, un pez que respira por pulmones y cuyos dientes están soldados entre sí formando una gran lámina de borde muy afilado. Esas mandíbulas sirven para cortar, pelar, desbastar o sacar punta a las flechas. También llevaba yesca y palos preparados para hacer fuego. Satisfecho con la comprobación de sus pertrechos, el cazador pigmeo y la muchacha bowassi se dispusieron a continuar la marcha.

–Esto perteneció a mi madre –dijo el joven, extrayendo un objeto de su bolsa de cuero–. Me gustaría que lo llevases tú.

Bwanya contempló con satisfacción la pulsera de marfil durante unos instantes y luego se la colocó en la muñeca.

–Gracias, Kabi. Supongo que sabes lo que significa, según la costumbre bowassi, que un hombre le regale un brazalete a una mujer...

–No tengo ni idea –mintió Kabindji–. Explícamelo tú.

Bwanya se limitó a mostrar una sonrisa pícara, pero Kabindji no le hizo caso. De repente se había puesto rígido.

–¿Ocurre algo? –susurró la muchacha.

–Probablemente nada. Antes de continuar voy a cerciorarme de que nadie nos sigue –musitó Kabindji al oído de su compañera–. Puedo aprovechar para intentar cazar algo: no podemos alimentarnos sólo de fruta; necesitamos comer carne para soportar el largo viaje.

–De acuerdo, pero no tardes. Esta selva es distinta a la nuestra. Me da miedo.

Agachado y con las piernas ligeramente flexionadas, Kabindji se movía con suma facilidad a través de la floresta. De modo instintivo adoptaba la ancestral postura de caza de su pueblo pigmeo; su prodigiosa agilidad y baja estatura se convertían allí, en medio de la frondosa vegetación, en una ventaja decisiva. Así, el pigmeo se abría paso entre la intrincada maleza sin apenas rozar una hoja, sin emitir ningún sonido perceptible. Los agudos sentidos que hacían de él un perfecto rastreador permanecían siempre alerta, informándole de todo cuanto acontecía a su alrededor: desde el susurro del viento a través de las altas copas de los árboles hasta las pisadas de una civeta [11] sobre el crujiente manto de hojarasca semipodrida, pasando por el aleteo de algún cálao de inmenso pico que buscaba a su pareja en las ramas altas, o el murmullo de las termitas devorando la madera de un tronco muerto. A todo esto se sumaban los variados olores de las plantas y de las feromonas de los insectos. Toda aquella información sensorial se integraba en la entrenada mente del pigmeo formando un conjunto claro y armonioso, un complejo cuadro realizado con las brillantes pinceladas de la vida salvaje. Sin embargo, había una nota discordante que desentonaba en medio de tanto equilibrio. Hacía rato que venía escuchando un rumor furtivo que se producía a intervalos regulares a sus espaldas, aunque había preferido ocultárselo a la muchacha para no asustarla.

Para el experto cazador no cabía duda alguna: a cierta distancia, alguien o algo les seguía la pista. Con la brisa soplando en contra, al muchacho le resultaba imposible percibir el olor corporal de su posible enemigo. Tenía que idear algo que le permitiera averiguar la naturaleza del peligro.

Con sumo cuidado, el joven pigmeo retrocedió varios cientos de metros y se encaramó a las ramas bajas de un ár-

---

[11] civeta *(Viverra civetta):* mamífero carnívoro del orden de los vivérridos, de unos veinte kilos de peso, con un manto de color claro salpicado por manchas y estrías oscuras. A lo largo de la espalda posee una amplia banda de largos pelos eréctiles que forman una especie de cresta. De hábitos nocturnos, se alimenta de casi todo, incluyendo insectos, vegetales y carroña. Sus uñas son parcialmente retráctiles.

bol, donde permaneció inmóvil. Conteniendo la respiración y acechando el sendero a sus espaldas, confiaba en poder descubrir a su misterioso perseguidor. Pero su acecho fue vano. Los minutos transcurrieron sin que ningún ser vivo hiciera su aparición. Quedaba claro que, quienquiera que fuese, era al menos tan hábil como el propio Kabindji. Decepcionado por el fracaso de su estrategia, el joven cazador descendió de su precario refugio y corrió a reunirse con Bwanya, aunque sin dejar de prestar atención a cualquier sonido anormal.

Desde entonces, Kabindji se volvió prudente y sigiloso. A pesar de no haber vuelto a escuchar nuevos rumores sospechosos a sus espaldas, el pigmeo se sentía intranquilo. Tenía la certeza de que su perseguidor, lejos de renunciar a su empeño, simplemente se había vuelto más precavido.

Seguía ahí.

Kabindji lo presentía y era consciente de que, para ellos, una nueva amenaza acababa de añadirse a los habituales peligros de la selva.

Prosiguieron su viaje con renovada energía. Durante el día avanzaban con decisión, deteniéndose el tiempo justo para cazar alguna pequeña presa o recoger fruta. Con las heridas prácticamente cicatrizadas, Kabindji podía caminar ya con normalidad. También habían desaparecido casi por completo del rostro de Bwanya las marcas de la paliza propinada por Likongá. Cada vez más animados, a veces conseguían olvidar el peligro y trepaban a los árboles para jugar a perseguirse a través de las frondosas ramas, una actividad que no se atrevían a practicar en el suelo por temor a dejar demasiadas huellas.

Al cuarto día llegaron a la orilla de una pequeña laguna y se zambulleron juntos en las aguas frescas y oscuras. Kabindji descubrió con sorpresa que Bwanya nadaba más rápido que él y, además, era capaz de aguantar mucho tiempo debajo del agua. Tras nadar y chapotear largo rato, se tumbaron sobre la esponjosa hierba para secarse. Aspirando a pleno pulmón el aire tropical cargado de suaves fragancias, Kabindji acarició con dulzura la mejilla de la joven mientras admiraba su airosa belleza. En ese momento pensó que, en realidad, estaba disfrutando de aquella huida. La deliciosa felicidad que experimentaba en compañía de la muchacha superaba hasta sus fantasías más audaces. Decidió que le gustaría vivir siempre así. La necesidad de buscar a los suyos se le antojó entonces como algo lejano y secundario. Por primera vez en su vida, Kabindji se sentía tan dichoso y tan libre como en el mejor de sus sueños. O quizá más.

Sin embargo, al caer la opaca y húmeda noche, el ánimo de ambos jóvenes volvió a decaer, y el desaliento se apoderó de ellos. En ese aspecto, Kabindji era el que peor lo pasaba: acurrucado junto a Bwanya en el incierto escondite que compartían, su sudoroso cuerpo se estremecía al evocar la espantosa aparición de *Nzeneneké*. En medio de la oscuridad, la imagen de aquella terrible figura resurgía ante sus ojos una y otra vez. Y, cuando al fin lograba dormirse, la visión no desaparecía, sino que su presencia invadía las terribles pesadillas que le atormentaban hasta el amanecer.

A los cinco días de haber abandonado el poblado de los bowassi, la joven pareja llegó por fin a la extensa llanura en cuyo centro se alzaba el descomunal peñasco de limonita. Al verlo, se detuvieron indecisos. Sabían que se trataba del *Libanga,* la gran roca roja que señalaba el fin del territorio bowassi. A lo lejos se divisaba una hilera de estacas con cabezas humanas ensartadas en sus extremos: macabras señales de aviso para cualquier incauto que intentara adentrarse en el *zamba ya ebembe*, el bosque del muerto.

La selva maldita.

La región que nadie en su sano juicio se atrevería a profanar.

Capítulo noveno

El poblado en ruinas

–POR aquí no podemos continuar –anunció Bwanya, asustada–. A partir de esa roca empieza la zona prohibida.

–No tenemos más remedio que seguir por este camino –murmuró Kabindji.

–¿Estás loco? ¿Acaso no has oído lo que cuentan los pocos que se han atrevido a desobedecer la prohibición?

–Si han podido contarlo, significa que han sobrevivido. Nosotros también saldremos de ahí con vida.

–Puedes ir tú solo. Yo me quedo –Bwanya acompañó sus palabras con un vehemente movimiento de cabeza.

El joven pigmeo comprendió que la actitud de la muchacha iba a suponer una dificultad bastante difícil de superar. Intentó ser persuasivo:

–Escúchame bien. Hemos llegado hasta aquí después de cinco largos días de huida, y de momento creo que llevamos cierta ventaja. Nuestra única esperanza está por allí –la mano del joven señaló hacia la silenciosa línea de estacas.

–¿Has dicho ventaja? ¿A quién llevamos ventaja?

–Verás: debo confesar que te he ocultado algo... Hace días que alguien nos persigue. No sabría decirte si es una sola persona o un grupo. Ni siquiera estoy seguro de si es humano o sobrenatural, pero al menos sé que produce ruido al moverse y nos sigue. Si se trata de Likongá y los suyos, es poco probable que se atrevan a buscarnos más allá de esa roca. Son bowassi, y estarán tan asustados como tú. Perdiendo más tiempo sólo conseguiremos que nos alcancen, y entonces..., lo más probable es que nos maten.

Dubitativa, la joven consintió en acercarse un poco más al *Libanga*. Avanzaron con respeto hasta llegar al pie de la imponente piedra roja, y se sentaron a su sombra. Estaban en la última frontera del mundo conocido, en el límite donde comenzaba lo incógnito. Recostados contra la rugosa superficie del monolito se dispusieron a saborear un par de mangos maduros que llevaban en su bolsa de provisiones. Mientras devoraban con avidez la jugosa fruta, se dedicaron a observar la tupida vegetación que se extendía al otro lado de la invisible frontera del territorio bowassi... Desde allí se distinguían perfectamente los macabros detalles de las cabezas clavadas en las picas. No eran simples calaveras: tenían restos de piel momificada y cabellos adheridos a los huesos. Desde la lejanía, aquellos rostros muertos parecían contemplarlos con la mirada impasible de sus cuencas descarnadas. Después de observar fijamente una de las cabezas, Kabindji tuvo la impresión de que las cadavéricas facciones se contraían en una mueca burlona. Apartó los ojos espantado y empezó a razonar para alejar sus temores.

–Estoy convencido de que ese poblado en ruinas del que nos habló Mutembo existe. Esa aldea fantasma situada en la zona prohibida tiene que ser por fuerza lo que queda de mi antiguo hogar. Si mis antepasados vivían allí, no debía de ser un lugar tan malo...

–Tus antepasados murieron –le recordó Bwanya.

–Porque los bowassi los asesinaron. Y para llevar a cabo la matanza invadieron la selva maldita. ¿Por qué se atrevieron entonces a cruzar esa frontera?

–Quizá eran tan numerosos que se envalentonaron.

–Todo eso parece demasiado misterioso, y es muy probable que las respuestas sigan allí, en el lugar donde ocurrió todo. ¿No sientes curiosidad?

–Creo que tienes razón –concedió Bwanya–. Es interesante. Y por muchos horrores que nos aguarden a partir de ahora, siempre serán preferibles a caer en manos de Likongá.

Kabindji y Bwanya se pusieron de nuevo en camino, cogidos de la mano. Tuvieron que respirar profundamente varias veces antes de atreverse a cruzar la silenciosa fila de cabezas que parecían vigilar el paso...

No sucedió nada.

Poco después, sus pies descalzos hollaban la tierra rojiza de la llamada selva maldita. Apenas se hubieron adentrado unos pocos metros en el *zamba ya ebembe,* el joven pigmeo se detuvo sorprendido. Todos sus sentidos le comunicaban los mensajes habituales, aquellos que él estaba acostumbrado a percibir y, sin embargo, algo extraño sucedía. La vegetación parecía ligeramente diferente a la que él conocía, pero esa impresión se debía sólo al hecho de que era menos densa: aquí la selva estaba salpicada por grandes claros y zonas de matorral bajo. Los sonidos y los olores, aunque alterados de alguna forma, eran muy similares a los de la selva de los bowassi. ¿Qué ocurría entonces? Kabindji no entendía el origen de su perplejidad; experimentaba una sensación muy curiosa. Aquellos lugares le resultaban en cierto modo familiares y, en algún rincón olvidado de su memoria, persistía el recuerdo de haber estado allí antes, mucho tiempo atrás. Intentó establecer alguna conexión con su pasado, recordar detalles, pero fue incapaz. Quizá su malestar se debía a algún oscuro poder mágico presente en aquel paraje. Por algo ese bosque era considerado por todos un lugar extraño y temible. Kabindji se estremeció ante la sola idea de tener que pasar varios días, y en especial sus noches, en aquella espesura misteriosa. Afortunadamente, no estaba solo.

Al poco tiempo de adentrarse en la selva prohibida descubrieron con sorpresa el primer indicio de una antigua pero indiscutible presencia humana: los restos de un sendero bien trazado. Estaba parcialmente invadido por la vegetación, pero su diseño no dejaba lugar a dudas. Sintiendo latir su corazón con más fuerza, el joven cazador se lanzó a la carrera a lo largo de la primitiva senda mientras la muchacha intentaba seguirle como podía. A ambos lados del camino, gruesos tocones de árboles talados hacía mucho tiempo mostraban la innegable acción de manos humanas en un pasado reciente. Finalmente, los fragmentos de una antigua empalizada les condujeron ante un espectáculo que les obligó a detenerse, atónitos.

Diseminadas sobre la superficie de un amplio anfiteatro natural, las ruinas de un poblado abandonado surgían de modo inquietante entre la vegetación. Sobrecogidos por el patético espectáculo, los dos jóvenes se adentraron con cautela a través de lo que antaño fueran las calles y plazas de una aldea importante. Lo primero que les llamó la atención fue el aspecto de las pocas chozas que aún quedaban en pie, más bajas que las habituales entre los bowassi. También la arquitectura y el tallado de la madera parecían diferentes, y ambos comprendieron que se encontraban ante los vestigios de una aldea que perteneció a una tribu desconocida, incluso a una raza diferente: los botshuá. Kabindji lo miraba todo boquiabierto, sin llegar a creer lo que podía significar cuanto veía. ¿Sería posible que aquéllas fuesen las ruinas de su poblado natal? ¿Habría nacido él en una de aquellas chozas y serían aquellos parajes los primeros que sus ojos habían contemplado? La respuesta empezó a abrirse paso a través de su memoria, y una certeza cada vez mayor inundó su corazón con un sentimiento de dolorosa nostalgia.

A su lado, Bwanya miraba atemorizada a su alrededor. Kabindji se preguntó si la joven tendría razón al sentirse asustada. Ahora sabían que la antigua ciudad –la suya– era real. ¿Lo serían también los demonios espectrales de los que hablaban los cazadores? De repente tuvo miedo y, al igual que su compañera, lanzó temerosas miradas a los alrededores. Se acercó al límite del calvero y observó una vez más los árboles y las plantas: todo parecía tranquilo y normal. Aplicó su agudo y entrenado olfato, pero únicamente percibió las fragancias típicas de la selva..., aunque por un instante le pareció reconocer el discreto olor de una presencia humana... ¿Sería posible que aún quedase gente viviendo en aquel paraje desolado? Un simple vistazo al estado de las ruinas le obligó a descartar esa inquietante posibilidad. No obstante, para acabar de asegurarse, aguzó el oído en busca de algún sonido amenazador, pero tampoco así pudo detectar nada fuera de lo habitual. Algo más calmado, regresó al centro de la aldea muerta para reunirse con Bwanya y juntos recorrieron lo que quedaba del antiguo poblado botshuá.

A pesar del tiempo transcurrido, aún se adivinaban los restos de la terrible matanza. Descompuestos por el calor o devorados por las alimañas, los cuerpos de los asesinados habían desaparecido, pero quedaban indicios visibles del horror: siniestras manchas de color pardo sobre esteras y otros objetos, profundos cortes de machete en la madera de las chozas y cuencos y vasijas de arcilla rotos y pisoteados. Sin embargo, no se veía ni rastro de huesos o esqueletos, y eso preocupaba a Kabindji. Las alimañas siempre dejan huesos y restos. Se suponía que allí había muerto mucha gente, y no tenía sentido pensar que los bowassi se hubieran molestado en dar sepultura a sus enemigos.

Cuando terminaron la inspección de las ruinas, la tarde estaba muy avanzada y los últimos rayos de sol apenas acariciaban ya las copas más altas de los árboles; la oscura noche tropical se avecinaba. El joven cazador era valiente, pero aun así se estremeció al recordar las perversas criaturas que se describían en esas extrañas historias de las que hablaba Mutembo: las que circulaban de boca en boca a la vacilante luz de las hogueras del poblado.

–Buscaremos una choza en buen estado para pasar la noche.

–¡Oh, no...! –exclamó la muchacha con un estremecimiento–. He hecho un gran esfuerzo al acompañarte hasta aquí, pero... ¡la noche...! Eso ya es demasiado. Debemos irnos.

Kabindji fingió no haber oído nada y prosiguió:

–Aquella choza de allí parece bien conservada. Tú dormirás dentro y yo montaré guardia junto a la puerta. Si encendemos un buen fuego que nos alumbre toda la noche, estaremos más seguros aquí que en cualquier otra parte. Si hay algo que no falta es madera seca. No te quedes ahí parada... ¡Ayúdame a amontonarla!

Capítulo décimo

Una sombra en la oscuridad

AQUELLA choza estaba en condiciones tan perfectas que se habría podido pensar que alguien había vivido allí hasta ese mismo día. El interior se hallaba libre de polvo y de nidos de insectos; las paredes y el techo aparecían enteros y sin fisuras ni rastros de moho. Incluso la estera tendida en el suelo brillaba como si alguien hubiese dormido sobre ella tan sólo unas horas antes. Quizá el fenómeno se debía a que era la única choza que había permanecido cerrada, con la puerta de entrada intacta. No sin cierta aprensión, Bwanya se tendió sobre la pulida estera mientras Kabindji se acomodaba junto a la entrada. Antes de que la desvanecida claridad del crepúsculo dejase definitivamente paso a las tinieblas, las llamas de una crepitante hoguera difundían sus danzantes reflejos rojizos sobre las ruinas circundantes. El joven pigmeo miró a su alrededor y se agitó incómodo: aquella luz bailona acrecentaba aún más el aspecto fantasmal del poblado muerto... Kabindji suspiró con resignación; intuía que le aguardaban largas horas plagadas de inquietudes y sobresaltos, aunque confiaba en que la noche llegaría a su fin sin incidentes. A la mañana siguiente podría dedicarse a su verdadero objetivo: averiguar todo lo que pudiera acerca de la vida, las costumbres y la trágica muerte de los misteriosos habitantes de aquel pueblo.

Averiguar quiénes fueron sus antepasados.

El tiempo discurría con desesperante lentitud y, por más que se esforzaba en mantenerse alerta, el cansancio acumulado durante tantas jornadas de marcha minaba cada vez más la voluntad del muchacho. Poco a poco, los párpados de Kabindji se fueron haciendo más y más pesados..., a medida que su consciencia naufragaba en el tenebroso mundo de los sueños.

En medio de la quietud de la noche, un leve crujido desgarró el tranquilo silencio que reinaba en la aldea muerta:

–¡Crrrshh...!

El sonido tardó un rato en penetrar en la mente adormecida del muchacho. Con gran esfuerzo abrió los ojos: la oscuridad le rodeaba por todas partes. Las llamas se habían extinguido, y el apagado resplandor de las brasas apenas lograba mantener cierta ilusión de claridad, lo que no hacía sino acentuar el carácter lúgubre de las deshabitadas ruinas. El débil crujido resonaba aún en sus oídos, y tuvo la certeza de que ese sonido no pertenecía a sus sueños; acababa de producirse allí, en alguna parte, en el mundo real. Recordó la presencia de Bwanya dentro de la choza. Tal vez se había despertado y era ella la causante del rumor... Kabindji entreabrió la puerta y prestó atención al cálido interior: la respiración regular de la muchacha revelaba un sueño profundo y tranquilo. ¿Habría sido una ilusión?

Al volver de nuevo la cabeza, Kabindji percibió en el aire húmedo y cargado de electricidad el inconfundible presagio de una tormenta. El fulgor de un lejano relámpago iluminó el cielo hacia el este, y fue en ese preciso instante cuando se escuchó de nuevo el sonido. Era algo parecido a un suave roce, apagado, furtivo, que procedía de un apartado rincón de la aldea desierta. Al oír aquello, sintió cómo se le erizaban los pelos de la nuca y se puso en pie de un salto. Empuñando su machete y su venablo, uno en cada mano, el joven cazador se aproximó al lugar del que procedía el sonido. Lo que vio entonces le heló el corazón: en un rincón del poblado en ruinas, una silueta oscura se movía con cautela, recortándose con nitidez sobre el fondo de vegetación.

Convencido de hallarse ante uno de los monstruosos chupadores de sangre, el pigmeo permaneció muy quieto, con todos los músculos en tensión y la asustada mirada fija en aquella sombra agazapada en la penumbra. Aunque la escena parecía congelada, Kabindji era consciente de todo lo que ocurría a su alrededor: una suave brisa animó de pronto las hojas de los árboles y provocó una desbandada de murciélagos gigantes que sobrevolaron el lugar a poca altura. A lo lejos resonó el inquieto graznido de una lechuza y el horizonte se inflamaba de cuando en cuando con el todavía silencioso fulgor de los relámpagos. El joven cazador se debatía entre el irrefrenable deseo de huir y su curiosidad por averiguar la naturaleza de aquella silueta oscura. Sentía que el pánico se deslizaba por sus nervios como un manojo de frías serpientes, capaces de alcanzar su corazón y paralizarlo con su aliento helado. Recordó una vez más las sabias palabras de Kysanto: «La valentía crece a partir de tus propios temores, y se alimenta de ellos...»

Aquellos pensamientos se le antojaban ahora vacíos de significado, porque el miedo que sentía era superior a sus fuerzas, tal vez parecido al que experimentó Likongá ante la proximidad del leopardo. En el caso de Kabindji era el componente sobrenatural, el terror a lo desconocido, lo que le impedía actuar. Si hubiera tenido que enfrentarse a un leopardo o un cocodrilo también se habría sentido asustado, pero su miedo, de otra naturaleza, hubiese sido fácilmente superable. En cambio ahora, en la penumbra de un poblado fantasmal, su imaginación desbocada le torturaba con espantosas imágenes de seres demoníacos. ¿Y si aquella silueta agazapada en la oscuridad pertenecía al mismísimo *Nzeneneké?* Tal vez el ser vaporoso invocado por Nsomo se hubiera hecho sólido, tomando cuerpo en el mundo real... Parecía lógico que, si bien los bowassi no se atrevían a llegar hasta ellos, podían enviarles en cambio una criatura sobrenatural que seguramente no temía a nada de este mundo...

Sus cavilaciones se vieron interrumpidas por un súbito desplazamiento de la misteriosa figura, que se incorporó hasta quedar en pie para avanzar seguidamente en su dirección.

La primera intención del muchacho fue salir corriendo como alma que lleva el diablo, algo que ansiaba desde hacía tiempo. Sin embargo, se mantuvo firme. El enfrentamiento inminente con aquel ser desconocido le devolvió de golpe todo su antiguo valor guerrero. La incertidumbre y la duda habían cedido el paso a un poderoso y primitivo instinto de conservación. Empuñó decididamente su machete y su lanza, plantó con firmeza los pies en el suelo y, fuera quien fuese el sigiloso agresor que se aproximaba, Kabindji se dispuso a vender cara su vida. Sintiendo vibrar entre sus dedos el largo palo del venablo, giró sobre su cintura. Dejó que su brazo derecho retrocediera y acumulara a través de su torso y sus piernas toda la tensión de sus flexibles músculos. El cuerpo del joven cazador quedó convertido en un mortífero resorte, elástico y preciso.

Un resorte a punto de saltar.

El musculoso brazo de Kabindji ya había iniciado el certero movimiento que arrojaría la lanza hacia su objetivo, cuando de repente un relámpago iluminó la escena como si fuera pleno día. La claridad duró apenas un instante, mas Kabindji tuvo tiempo para distinguir el aspecto real de su presunto enemigo: un anciano enjuto y encorvado. Cuando la oscuridad se hizo de nuevo, el joven escuchó una voz cascada que susurraba:

–¿Eres tú, *el elegido?*

Capítulo undécimo

El mensajero del pasado

EL sorprendido Kabindji realizó un esfuerzo desesperado y consiguió así evitar que el venablo abandonase su mano, maniobra que se saldó con una desafortunada pirueta que le hizo perder el equilibrio. Mientras pugnaba por arrancar la punta de la lanza que se había hundido profundamente en la tierra húmeda, esforzó la vista a través de la penumbra para observar la silueta menuda y encorvada que se aproximaba.

–¿Eres un... botshuá? –preguntó Kabindji con incredulidad.

–Sí, soy Muswambu, el último botshuá de Bongwana, el guardián de... ¡Vaya! Me he pasado un montón de años preparando la frase y ahora se me olvida... Pero ¿se puede saber qué haces ahí tirado?

–Se clavó. Quiero decir... la lanza... en el suelo –el muchacho continuaba forcejeando con su venablo.

–¡Pues levántate ya! No me parece correcto que *el elegido* esté a cuatro patas mientras un pobre viejo como yo le explica la misión que el destino le tiene reservada.

Furioso, Kabindji se puso en pie y se acercó al singular personaje.

–¡Escúchame bien, anciano imprudente! ¿A quién se le ocurre andar por ahí, con tanto sigilo, en medio de la oscuridad? ¿Cómo sabías que yo no era un enemigo? He estado a punto de ensartarte con mi lanza.

–No soy tan tonto como imaginas. Puedo estar viejo, sí..., y algo tullido también..., pero desde luego no soy estúpido. La verdad es que llevo observándoos desde que llegasteis a Bongwana... o a lo que queda de ella. Al principio dudé que fueses *el elegido*. Me preocupó el hecho de que vinieras acompañado por una mujer bowassi, por una enemiga de nuestra raza. Eso no estaba anunciado..., pero luego vi que llevabas colgado al cuello el *nkamba*, el antiguo atributo de nuestro brujo Nkoba, y eso me convenció definitivamente de que, sin lugar a dudas, eras *el elegido*.

–Vayamos por partes: Bwanya no es una enemiga de nuestra raza, al contrario. Yo me he criado entre los bowassi, y te aseguro que no todos son malos. Y haz el favor de abandonar esa estúpida costumbre de llamarme *el elegido*. Mi nombre es Kabindji, y creo que nací aquí.

–Desde luego. Aquí naciste.

Mientras las primeras gotas de lluvia se abatían con fuerza sobre los dos pigmeos, las arrugadas manos del anciano recorrían la cabeza y la cara de Kabindji, palpando con delicadeza cada uno de sus rasgos.

–Ya sé que esa chica no es mala. De lo contrario, no habría venido contigo. Y el carácter de tus rasgos confirma que eres el hijo de Mpwabu, tal como yo sospechaba. Tu venida estaba anunciada. Vayamos a despertar a esa niña bowassi y os explicaré todo lo que sé. Llevo muchos años aguardando este momento... Pero démonos prisa. El tiempo apremia.

–No me digas que también está anunciado eso, que tenemos que darnos prisa –ironizó Kabindji.

–No, pero si seguimos aquí parados, nos vamos a calar hasta los huesos.

El ensordecedor estampido de un trueno sacudió la tierra mientras ambos pigmeos, el anciano y el joven, corrían juntos para guarecerse de la lluvia.

Tras el paso de la tormenta, el aire se había tornado fresco y agradable. El sol matutino iluminaba de lleno las ruinas cuando los tres improvisados habitantes de la desolada aldea se acomodaron alrededor del fuego para desayunar. El delicioso aroma de la carne de un mono cazado por Kabindji flotaba en el ambiente, y el viejo Muswambu se relamía de gusto mientras devoraba el asado con glotonería.

–Cada vez se me da peor eso de cazar –dijo a modo de disculpa–. Últimamente no acostumbro a probar estas delicias.

Bwanya y Kabindji comían en silencio y sin perder de vista al anciano, intrigados por su curiosa apariencia. En realidad no era tan viejo como él mismo intentaba aparentar, aunque su aspecto resultaba lastimoso: sobre la brillante superficie de su cráneo rapado aparecía una profunda hendidura que recorría buena parte de su lado izquierdo, huella indudable de un antiguo machetazo. Toda la piel que recubría su cuerpo flaco y jorobado estaba salpicada de viejas y espantosas cicatrices. De su rostro enjuto apenas destacaban unos ojos de mirada franca, aunque algo ausente.

Otro rasgo llamativo de aquel hombrecillo eran sus manos, que se movían con una agilidad sorprendente.

–Aunque os cueste creerlo, yo siempre he sido muy hábil, tanto para acechar la caza como para eludir a mis enemigos –rió el viejo–. Así pude librarme de la muerte durante aquella noche terrible, aunque no sin antes pelear como un guerrero, como lo demuestran las marcas que los bowassi grabaron a sangre en mi pellejo... (ñam..., ñam...). Sin embargo, me estoy volviendo viejo. Por eso pudiste oírme en la oscuridad. Hace quince años ni te hubieras enterado de mi presencia, aunque estuviese a punto de tocarte.

–Fue una suerte que ese relámpago nos iluminase en el momento oportuno –se asombró Kabindji–. Yo apenas podía distinguirte como una sombra vaga agazapada en la oscuridad. Estuve a punto de atravesarte con mi lanza...

–Eso ya lo has dicho antes, aunque yo no llamaría suerte a lo del relámpago. Simplemente, hay cosas que ocurren cuando tienen que ocurrir. De todas formas, yo sí sabía quién eras tú: el hijo de Mpwabu y Whansa.

–¿Así se llamaban mis padres? –preguntó Kabindji pensativo.

–Así se llamaban los padres de *el elegido.*

–¡Y dale con *el elegido!* Ante todo, quiero que sepas que ni soy ningún elegido, ni mi llegada ha podido ser anunciada por nadie. Bwanya y yo hemos venido hasta aquí de modo casual, por nuestra propia voluntad, para intentar averiguar lo que había ocurrido en el pasado. Así que, ya ves: tendrás que seguir esperando.

Tras esbozar una maliciosa sonrisa, el viejo pigmeo se levantó para encaminarse con paso renqueante hacia una choza semiderruida. Llevaba recorridos unos treinta metros cuando, sin volver la cabeza, gritó:

–¡No os quedéis ahí pasmados! Tengo cosas importantes que enseñaros y no dispongo de todo el día.

Ambos jóvenes intercambiaron una mirada de perplejidad y obedecieron al estrafalario anciano, que comenzó por apartar algunos escombros que taponaban la entrada de la vivienda en ruinas. Una vez despejado el acceso, los tres penetraron en un recinto caótico y repugnante. El tejado y una de las paredes se habían derrumbado hasta quedar convertidos en un buen montón de escombros. Al golpear con el pie algunas de las tablas de madera podrida que alfombraban el suelo, enormes cucarachas voladoras y gruesas larvas de coleóptero escapaban correteando a gran velocidad... Pero lo peor de todo eran los esqueletos humanos destrozados que aparecían entremezclados con los desechos. Bwanya estuvo a punto de salir corriendo, pero el viejo Muswambu la retuvo por el brazo:

–No temas, estos huesos los he colocado yo mismo, para desanimar a cualquier curioso. No son pigmeos, son bowassi. Tras la masacre (y a pesar de las terribles heridas que padecía), me pasé días enteros dando sepultura a todos nuestros muertos, y me pareció justo utilizar algunos de los cadáveres de los enemigos para que sus esqueletos sirvieran como guardianes de nuestro tesoro más preciado. También fui yo quien colocó esas cabezas clavadas en las estacas, cerca del *Libanga*. Creo que ellos se merecían ese trato después de lo que habían hecho con nosotros. Y la cosa ha funcionado. La verdad es que, en todos estos años, nadie ha intentado siquiera acercarse a este poblado maldito..., excepto algunos cazadores osados... –el viejo sonrió al recordar el hecho–. Unos tontos a quienes metí tal susto en el cuerpo, que imagino que aún no han parado de correr. El caso es que he preferido ser prudente. Ayudadme a quitar todo esto. Lo que buscamos está debajo.

Tras largos minutos de trabajo arduo, el centro de la antigua vivienda quedó despejado. Muswambu empezó entonces a escarbar con su machete en la tierra apisonada hasta dejar al descubierto una tosca trampilla de madera. Al levantarla apareció la boca oscura de un angosto pozo que se perdía en las profundidades del subsuelo. Sin dudarlo siquiera, el viejo se metió por el agujero.

–No hay escalera, así que debéis apoyaros en las paredes con los pies y las manos, como hago yo. Bajaré primero, pues conozco el camino. Vosotros seguidme con cuidado.

–¿Y la luz? –preguntó Bwanya preocupada–. Ahí abajo está muy oscuro. Necesitaremos una antorcha.

–Bajad con cuidado y no hagáis preguntas.

Pocos metros más abajo tocaron el fondo del pozo y continuaron a tientas por un estrecho túnel. El aire, húmedo y fresco, ponía la carne de gallina a los dos jóvenes, acostumbrados al calor de la superficie. La oscuridad era absoluta, y las únicas referencias de que disponían quedaban reducidas al tacto de sus manos sobre la pegajosa superficie de las paredes y a la voz del viejo, que les apremiaba para que avanzasen. De pronto, los muros se alejaron de ellos y los sonidos de sus voces adquirieron una especie de eco majestuoso. Habían salido del túnel.

–Ahora escuchadme bien –dijo el viejo–. Sentaos en el suelo y cerrad bien los ojos. No los abráis hasta que yo os lo diga. Vais a comprobar el poder de la magia del antiguo pueblo botshuá de Bongwana.

Kabindji y Bwanya permanecieron obedientes y con los ojos cerrados durante un tiempo que se les antojó eterno. El frío húmedo y la inmovilidad les hacía tiritar, y el único sonido que escuchaban era la ronca respiración del anciano. Al fin, la esperada orden llegó:

–Abrid los ojos, hijos míos, y contemplad aquello que ningún bowassi ha visto jamás.

Cuando los jóvenes obedecieron, se quedaron sin respiración. Estaban en el extremo de una sala enorme, una cueva semicircular de varias decenas de metros de diámetro por unos cinco de altura. Todo el interior de aquel subterráneo aparecía bañado por una extraña fosforescencia, pues las paredes se encontraban recubiertas por una especie de hongos luminiscentes. Su luz, aunque pálida y descolorida, permitía a los ya acomodados ojos de los visitantes distinguir con relativa nitidez cuanto les rodeaba, que no era mucho: las paredes luminosas ascendían y se curvaban hacia un punto elevado en el que se reunían formando un alto techo abovedado. El suelo, la única superficie que no emitía luz, estaba cubierto por una gruesa capa de pequeñas piedras y cantos rodados de todos los tamaños, y tenía la apariencia de haber sido en otro tiempo el lecho de caudalosas corrientes subterráneas.

–Éste es uno de los grandes secretos de nuestro antiguo pueblo. La gruta ya existía antes de que nuestros antepasados vinieran para instalarse en estas tierras. La entrada fue ocultada por nuestros abuelos, y este lugar ha sido utilizado por varias generaciones de botshuá.

Los dos jóvenes miraban asombrados a su alrededor, incapaces de pronunciar palabra. Jamás habían visto un recinto tan amplio, y ni siquiera acertaban a explicarse que pudiera existir una sala tan grande.

–¿Para... para qué sirve esto? –tartamudeó al fin Bwanya, señalando hacia el vasto espacio vacío.

–Al menos podría utilizarse como escondite –aventuró Kabindji–. Si todos los habitantes del poblado hubiesen bajado aquí aquella noche, tal vez se hubieran salvado.

–Lo habríamos hecho de no haber sido sorprendidos en mitad del sueño –respondió Muswambu–. Así nos libramos de otros ataques anteriores. Afortunadamente, aquí guardábamos algo muy importante que ha sobrevivido. Y muy pronto tú, Kabindji, serás el depositario de ese algo y el encargado de transmitirlo a otros botshuá. A los botshuá que viven hacia el este, en la otra orilla del río Nzulá.

–¿Dices que hay otros pigmeos como nosotros? –exclamó Kabindji muy excitado–. ¿Estás seguro?

–¡Calma, calma! –pidió el viejo–. Has de saber que, desde siempre, nuestro poblado ha mantenido relaciones con nuestros hermanos del este. A menos que los bowassi los hayan exterminado también, cosa que dudo, deberían seguir allí. Supongo que la distancia y las turbulentas aguas del Nzulá los habrán mantenido a salvo.

–¿Por qué no han venido para reconstruir Bongwana?

–Ellos también consideran estas ruinas como un lugar maldito. Por otra parte, la amenaza de los bowassi persiste. Ningún pigmeo volverá para reconstruir Bongwana hasta que desaparezca el riesgo de que la matanza se repita. Sería estúpido... Venid, podemos sentarnos aquí. Os voy a contar cómo ocurrió todo...

Capítulo duodécimo

Una historia terrible

CON la vista plenamente habituada al peculiar fulgor de los hongos, los dos jóvenes podían apreciar ahora todos los detalles del lugar. Se acomodaron sobre las pulidas piedras que alfombraban el suelo, dispuestos a escuchar a su anciano anfitrión. Éste tardó en iniciar su relato, como si estuviese intentando poner en orden muchos años de recuerdos confusos. Cuando empezó a hablar, sin embargo, lo hizo con rapidez y soltura:

–No voy a decir que nuestra gente vivía completamente feliz; teníamos nuestros problemas, y el principal de ellos era la vecindad de los bowassi. Al principio las relaciones entre ambos pueblos eran buenas y se llegó a establecer un mercado de intercambio que funcionaba bien. Los pigmeos siempre hemos sido mejores cazadores que otras tribus y somos los únicos que se atreven a tratar con las peligrosas abejas del bosque. Así que podíamos venderles nuestra rica miel, abundante carne de caza y algunos buenos preparados medicinales.

–¿Y qué ofrecían ellos a cambio?

–Como pueblo eminentemente guerrero, los bowassi nos suministraban armas, sobre todo machetes y lanzas; también telas y utensilios procedentes del botín que obtenían en sus guerras. Ese intercambio beneficiaba tanto a los bowassi como a nosotros, y las dos tribus prosperaron mucho en aquella época... Pero fueron tan ciegos que no supieron ver las ventajas del buen entendimiento entre nuestros pueblos. Al poco tiempo empezaron a producirse algunas fricciones, pequeños elementos de discordia. Teníamos costumbres distintas, aspecto diferente, creencias opuestas... En fin, discrepábamos en muchas cosas. Pero mientras nosotros intentamos mantenernos apartados de los bowassi para evitar problemas, ellos no se conformaban con eso. No hay que olvidar que los bowassi poseen una larga tradición guerrera y les encanta alardear de su superioridad, de sus hazañas y victorias sobre otras tribus. Sus dirigentes empezaron a interesarse por cierto culto antiguo y prohibido, e invocaron a una divinidad sanguinaria y cruel. No tardó en surgir entre ellos un guía, un personaje influyente que supo canalizar con habilidad ese tradicional orgullo bowassi para dirigirlo contra nosotros. Animados por los dictados de la brutal divinidad a la que adoraban, su odio se volcó hacia cualquier otra raza que no fuese bowassi. Bastaba que alguna alimaña les robase la comida, que unas cosechas se perdieran o que alguien sufriera un accidente para que ellos echaran las culpas a alguno de sus vecinos, ya fuera washai, mongo o botshuá. Poco a poco, la gente empezó a creer las mentiras de este personaje y a pensar que todos los males provenían de nosotros. Así surgió un clima de odio que fue el inicio de las famosas guerras contra los washai, otra tribu de guerreros como los propios bowassi.

–Los washai perdieron esas guerras... –observó Kabindji.

–Y desaparecieron. Pero nosotros no caímos en la trampa de la guerra: los pigmeos somos pacíficos, y no respondimos a las provocaciones. Entonces optaron por denigrarnos y considerarnos un pueblo cobarde y mezquino. Se nos comparaba con las hienas que persiguen al león para despojarle de la comida que ha obtenido gracias a su fuerza y valentía. Las hienas medrosas que acuden, al amparo de la oscuridad, para robar y atacar los poblados. La gota que colmó el vaso llegó con el asunto del *biyambá-yambá*...

–El *biyambá-yambá*... –repitió pensativo Kabindji.

–El poderoso talismán de la serpiente había llegado a manos de nuestro brujo, que lo utilizaba siempre en beneficio de todo el pueblo y no de sí mismo, pues era un hombre sabio y generoso. Poco a poco, los efectos del talismán hicieron prosperar a nuestra aldea, y eso acentuó la envidia de los bowassi. Su líder les convenció de que nuestro progreso se realizaba a costa de ellos, y consiguió movilizar a los guerreros de varios poblados del norte. Prácticamente todos los bowassi de la región se armaron con sus lanzas y machetes y decidieron acabar con lo que ellos consideraban una amenaza. Lo intentaron varias veces, pero siempre encontraban el poblado desierto. Una vez lo quemaron, pero nosotros volvimos a reconstruirlo. Hasta que al fin lograron sorprendernos. Ocurrió cierta noche terrible. Llegaron de la misma forma que ellos criticaban, como hienas sedientas de sangre. Nos rodearon con mucho sigilo, amparados en la oscuridad... El resto de la historia preferiría poder olvidarlo...

–Los mataron a todos, ¿verdad?

–A todos menos a ti y a mí. Tú y yo somos los últimos habitantes de Bongwana que quedan en el mundo. Nunca habíamos visto nada igual: asesinaban con saña, sin piedad alguna para nadie. Hombres, mujeres y niños fueron degollados con idéntica crueldad.

–Mis padres...

–Tu padre tuvo cierta suerte; al menos murió durante la batalla, luchando valientemente por defender a nuestra gente. Tu madre y yo nos encontrábamos entre los últimos supervivientes reunidos en la plaza central, un patético grupo de hombres moribundos, mujeres asustadas y niños llorosos. Tú también estabas allí, en brazos de Whansa. Es una suerte que fueras demasiado pequeño para recordar lo que sucedió. Entre los heridos también estaba Nkoba, nuestro brujo. Se arrastró hacia mí y me habló con voz entrecortada por el dolor. Ni su magia ni el poder del *biyambá-yambá* habían podido evitar un desastre tan desmedido como inesperado. Y él, nuestra última esperanza, también se estaba muriendo.

–Qué triste es todo esto –musitó Bwanya–. Me avergüenza pensar que mi raza fue capaz de semejante atrocidad...

–Nuestro brujo se moría ante mis ojos... –prosiguió Muswambu–. Me miró con sus ojos vidriosos y dijo que no me preocupase por él, pues al morir cambiaría de forma para así poder vengar a nuestro pueblo. Luego me ordenó que huyera, ya que alguien debía quedar con vida para transmitir nuestra memoria al elegido que vendría... Le respondí que no deseaba huir. Acababa de perder a mi familia, a mis amigos, mi hogar..., y me encontraba gravemente herido. Mi mayor deseo era morir también.

El eco de la caverna otorgaba un matiz solemne a la voz del anciano. Los dos jóvenes escuchaban en silencio, con la mirada perdida en el resplandor misterioso de las paredes.

–Nkoba insistió. Dijo que había utilizado el resto de su magia para poder cambiar de forma y que yo sería el guardián y mensajero de los valiosos secretos de nuestro pueblo. Luego añadió algo que me sorprendió aún más: un niño del poblado sería elegido para sobrevivir y arreglar las cosas en el futuro. Pero ese niño necesitaría ayuda, y esa ayuda me correspondería dársela a mí.

–Creo que tiene razón –dijo Bwanya–. Tú eres ese niño, Kabi...

–¡Shh! –silbó Kabindji.

–El brujo murió poco después de transmitirme todas aquellas instrucciones. Nunca supe si, finalmente, logró adoptar ese cambio del que hablaba, aunque supongo que no. En aquel momento tampoco entendí por qué me escogió a mí para esta tarea, pero al fin me di cuenta de que tenía que obedecer. No me preguntéis cómo lo hice, pero el caso es que logré escapar. Aún hoy no consigo explicarme de qué modo pude eludir la vigilancia de todos aquellos guerreros, a pesar de mi estado: me encontraba malherido e iba dejando un reguero de sangre a mi paso. Supongo que la magia tuvo algo que ver en el éxito de mi huida. Me oculté entre el follaje, en las afueras de la aldea, y desde allí pude ver y escuchar todo lo que ocurrió después.

–Entiendo que tú escapases –dijo Kabindji–, pero ¿cómo me salvé yo, siendo tan pequeño?

–Escucha y lo sabrás. Uno de los jefes propuso perdonarles la vida a las mujeres y a los niños, que no suponían amenaza alguna. Al oír aquello yo me alegré mucho. Los ánimos empezaban a apaciguarse, pues tras el pillaje y el exterminio de casi todos los hombres adultos, los bowassi parecían satisfechos. Sin embargo, sucedió algo inesperado...

Muswambu hizo una pausa para aclararse la garganta. Kabindji y Bwanya se mantenían callados.

–De repente apareció un personaje que sin duda gozaba de mucho prestigio, pues hasta los jefes bowassi lo trataban con respeto...

–Es posible que conozcamos a ese individuo –sugirió Bwanya–. ¿Sabes cuál era su nombre?

–Nunca lo he sabido, pero estoy seguro de que se trataba de ese líder del que os he hablado, el que consiguió reunir a todos los bowassi contra nosotros. El verdadero instigador y culpable de todo... Como os decía, surgió de no se sabe dónde y se situó en el centro de la plaza, junto a las mujeres y los niños supervivientes. Se acercó a una joven que llevaba un niño en brazos y le pidió que le dejara ver al pequeño. Con mucha delicadeza tomó a aquel niño y lo depositó en el suelo. Luego miró de nuevo a la joven madre y le puso la mano sobre la cabeza. Fue un gesto paternal, casi una caricia, un ademán de protección. Se volvió hacia sus guerreros y les dijo: «Todos pensáis que podemos dejar con vida a criaturas de aspecto tan inofensivo como esta joven madre, ¿verdad?» Los bowassi asintieron vagamente. Entonces aquel hombre hizo algo inesperado que nos sorprendió a todos. Sacó un machete que llevaba oculto entre los pliegues de su larga túnica y, con un movimiento rápido y certero, le cortó el cuello a la desgraciada joven, que cayó a sus pies derramando abundante sangre.

–¡Es increíble! –susurró Kabindji entre dientes.

–Así debió de parecérselo incluso a los propios bowassi, ya que hasta los más aguerridos y sanguinarios guerreros retrocedieron un paso. Entonces el misterioso personaje habló de nuevo: «No penséis que he disfrutado realizando semejante atrocidad, pero creo que era mi deber dar ejemplo en una tarea tan desagradable, y por un motivo muy simple: ningún pigmeo que haya presenciado lo que hemos hecho aquí esta noche debe seguir con vida. Es cierto que sólo son mujeres y niños, pero sus mentes pueden almacenar el odio del mismo modo que el más terrible guerrero. Si los dejamos vivir, llegará el día en que estos niños y niñas se conviertan en hombres y mujeres adultos, que a su vez engendrarán hijos. Hijos que crecerán alimentados por el resentimiento que sus padres irán vertiendo en sus corazones a lo largo de su vida. Algún día se reunirán, maquinarán, buscarán la ayuda de otras tribus de pigmeos y, tarde o temprano, la venganza caerá sobre nuestros desprevenidos hermanos. Eso es lo que ocurrirá, a menos que decidamos acabar con esa amenaza ahora, porque el odio no sólo se conserva a través del tiempo, sino que siempre va creciendo. Creciendo...»

–Me imagino que esas palabras convencieron a los demás –musitó Bwanya en voz baja.

–Desde luego –respondió el anciano–. En pocos minutos, todos los pigmeos que quedaban estaban muertos. El propio líder se ocupó de rematar, uno a uno, a los moribundos..., a todos excepto a aquel niño, ya huérfano.

–¿A mí? –preguntó Kabindji incrédulo–. ¿Resulta que le debo la vida a ese monstruo?

–No entiendo por qué se apiadó de esa criatura a cuya madre había degollado poco antes. He pensado mucho en ello desde entonces, y nunca he podido explicármelo. Es posible que, a pesar de su extremada crueldad, aquel hombre albergara una pizca de remordimiento por lo que acababa de hacer. Uno de los jefes bowassi también se extrañó ante esa inexplicable clemencia y le preguntó por qué actuaba en contra de su propio razonamiento. Él respondió que aquel único niño no suponía peligro alguno porque no habría de criarse entre pigmeos, aparte de ser demasiado pequeño para recordar. También dijo que serviría de testimonio viviente de aquella noche decisiva para todos.

–¡Tengo que averiguar la identidad de ese canalla! –exclamó Kabindji apretando los puños con rabia–. Por fuerza tuviste que reparar en algún detalle de su fisonomía. ¿No recuerdas si era gordo o flaco, o si tenía algún rasgo físico especial? He oído que Mboka, un miembro del consejo de ancianos, viajaba mucho en otros tiempos. Pudo ser él...

–O un desconocido de otro poblado –replicó Bwanya–. Intervinieron varias aldeas, y ese caudillo pudo salir de cualquiera de ellas.

–Sólo le observé en la penumbra y desde una gran distancia, pero me pareció un hombre normal. Por más que intentase describírtelo, no te serviría de nada; ha podido cambiar mucho en los años transcurridos desde entonces. Lo único que destacaba en él era su crueldad, una característica inapreciable a simple vista. La maldad no se ve.

–¿Por qué te quedaste aquí tanto tiempo? –preguntó Kabindji mirando fijamente al maltrecho anciano–. ¿Por qué no intentaste avisar a los demás botshuá?

Muswambu sacudió la cabeza y tardó algunos segundos en responder.

–Mi labor estaba aquí. Como dijo nuestro brujo, yo soy el guardián y el mensajero..., el mensajero del pasado.

–Antes has dicho que eras el guardián de los secretos de tu pueblo –recordó Bwanya–. ¿Cuáles son esos secretos? En este agujero no hay nada de valor. Por otro lado, está muy bien escondido y no parece que necesite un vigilante.

–En parte tienes razón, muchacha –respondió Muswambu con una sonrisa enigmática–. Mi misión no consiste en vigilar el subterráneo, sino algo mucho más valioso. En realidad soy el guardián del *biyambá-yambá*.

–El talismán... ¿está aquí?

–Aquí mismo. Y será tuyo si eres capaz de encontrarlo.

Muy excitado, Kabindji recorrió con la mirada el perímetro de la cueva y luego avanzó a lo largo de las paredes en busca de algún escondite, alguna oquedad disimulada en la pared cubierta de fosforescentes hongos. A los pocos minutos, la divertida voz del anciano le hizo detenerse:

–Debería dejar que buscaras así durante días, como habrían hecho los bowassi de haber encontrado este subterráneo, pero tus resultados serían los mismos que habrían obtenido ellos: nada.

–Entonces, ¿dónde está? ¿Enterrado en alguna parte?

–Tienes suerte de que tengamos prisa. Voy a darte una pista: el talismán no está oculto ni enterrado. Más bien se encuentra a la vista de todos.

Kabindji paseó la mirada a su alrededor y exclamó:

–*¡Nzambe na ngai!* [12] ¿Quieres decir que está por aquí tirado, entre todas estas piedras?

–¡Exacto! Ahora debes escoger una de ellas, pero no la toques hasta no estar seguro de haber acertado. Si eres realmente *el elegido,* sabrás que estás frente a la piedra mágica en cuanto la veas.

Agachado y muy despacio, el muchacho empezó a avanzar entre los miles de cantos rodados que tapizaban el fondo del subterráneo. Al poco rato estaba a punto de abandonar. La tarea se le antojó imposible y, con mucha rabia, propinó una patada con su pie descalzo a un montón de pedruscos que había junto a él. Casi en el mismo instante sus ojos se clavaron en una de aquellas piedras: era redonda, casi una esfera perfecta. Hasta entonces había estado fijándose en las más brillantes o de colores más vivos y, sin embargo, aquella bola era de un color oscuro y apagado. Lo que tanto llamaba la atención de Kabindji era precisamente

[12] *¡Nzambe na ngai!:* expresión que podría traducirse por «¡Dios mío!».

el aspecto insondable de aquella negra superficie, que semejaba un agujero profundo al que uno podría asomarse. Muy despacio, y sin apenas darse cuenta de lo que hacía, Kabindji acercó la mano a aquel objeto... Entonces sucedió algo asombroso: sin un solo ruido, la piedra saltó hasta su mano y se quedó posada en el centro de su palma sudorosa.

Kabindji soltó un pequeño grito de sorpresa, mas no intentó soltarla. Por el contrario, cerró los dedos alrededor del objeto y experimentó una cálida sensación, semejante a la de sujetar un ser vivo. Hubiese jurado incluso que aquello palpitaba suavemente. Miró al anciano, que sonreía de oreja a oreja.

–Sabía que el *biyambá-yambá* y tú estabais hechos el uno para el otro.

Capítulo decimotercero

El *biyambá-yambá*

En un aislado rincón de la selva, el resplandor de varias hogueras se proyectaba sobre los troncos y las ramas bajas. Apartados del grupo y acurrucados en torno a una de aquellas fogatas, dos hombres permanecían inmóviles, encorvados hacia delante. Ambos mantenían la vista fija en la densa humareda que se elevaba hasta perderse entre las ramas altas de los árboles, muy por encima de sus cabezas. Hablaban poco y, cuando lo hacían, sus voces susurrantes apenas podían distinguirse del sonoro crepitar de las llamas.

–¿Crees en serio que se atreverán a ir allí? –preguntó uno de ellos.

–Es probable. El pigmeo querrá husmear en los restos de sus antepasados, aunque no le va a servir de mucho. En ese poblado sólo puede encontrar algunos esqueletos secos por el paso del tiempo y ruinas carcomidas por las termitas. De todos modos, no entiendo por qué te preocupas. Podemos atraparlos cuando queramos.

El otro personaje hurgó con la punta de su lanza entre los troncos que se consumían y suspiró:

–Lo que más me molesta es que la chica haya huido con ese piojoso. Me ha puesto en ridículo delante de todo el poblado.

–Podemos decir que fue contra su voluntad, que el pigmeo se la llevó secuestrada.

–Nadie lo creería. Además, alguno de los guerreros que nos acompañan podría irse de la lengua, y eso sería aún peor.

–Con el leopardo corriste el riesgo...

–Era distinto. En aquella ocasión todos estaban de mi parte..., excepto ese imbécil de Mutembo. Digo que estaban de mi parte porque me comprendían: a ellos mismos les hubiera humillado tener que admitir que un insignificante pigmeo había ahuyentado a la fiera, y eso ante las narices de los cinco mejores guerreros bowassi del poblado. Pero lo de ahora es otra cosa. Bwanya es una bowassi, una pobre chica huérfana, y habrá quien se compadezca de ella. Es mejor reconocer su traición y castigarla severamente ante todos. Sólo así podré lavar mi honor.

–¿Por qué no les atacamos ya? Sólo son dos jóvenes inexpertos. Podemos rodear el poblado en ruinas y caer sobre ellos por sorpresa: no tendrían escapatoria.

Sin apartar los ojos del crepitante fuego que ardía junto a ellos, el otro respondió:

–No hay prisa. Esperaremos a que abandonen la zona prohibida. Hay que darles tiempo por si acaso el chico descubriera lo que nosotros fuimos incapaces de encontrar.

–¿Crees que ese talismán existe de verdad? Yo siempre he pensado que fue un pretexto de nuestros mayores para justificar el exterminio de los botshuá.

El personaje que sostenía la lanza dirigió una nerviosa mirada a su alrededor y bajó todavía más el tono de su voz, como si temiera ser escuchado por el resto de los hombres.

–Es peligroso hablar así. Si te atreves a poner en duda la credibilidad de mi padre o de cualquier otro de los miembros del consejo, te las verás conmigo –amenazó–. Yo sí creo en ese talismán, pero los pigmeos supieron esconderlo muy bien. En cierto modo, su infame brujo nos derrotó al final. No pudimos arrebatarles su maldito *biyambá-yambá*...

–¿Y crees que ese par de críos tiene alguna posibilidad de encontrar en pocos días lo que tu padre y sus guerreros estuvieron buscando en vano durante meses enteros?

–No lo sé. Hay que reconocer la astucia de aquel condenado brujo... Puede que sea una tontería, pero tengo una especie de presentimiento.

–Si encuentran el talismán, eso podría complicar las cosas. Quizá el *biyambá-yambá* les proteja... Incluso podrían utilizarlo contra nosotros.

–No. Por lo que sé de ese talismán, no basta con llevarlo encima; hay que saber utilizarlo; de lo contrario, no sirve para nada.

–Nosotros tampoco sabemos utilizarlo...

–Aprenderemos.

Kabindji y Bwanya se disponían a pasar su segunda noche entre las ruinas de Bongwana, pero ya no estaban solos. El viejo Muswambu había insistido en quedarse montando guardia para que los dos jóvenes pudieran descansar tranquilos en el interior de la choza, y la verdad es que lo necesitaban. El día había sido agotador, no en esfuerzos físicos, pero sí en emociones y descubrimientos.

El joven pigmeo acarició la piedra redondeada que ahora llevaba engarzada en el aro de su colgante y sintió bajo las yemas de sus dedos el suave tacto de su superficie pulida por manos antiguas y desconocidas. Todavía le costaba creer que aquel simple fragmento de roca pudiera contener los fabulosos poderes que se le atribuían al mítico *biyambá-yambá*. Y ahora ¡le pertenecía...! «¡No!», gritó una voz dentro de su cabeza. No le pertenecía a él, sino a su pueblo. Kabindji se repitió a sí mismo que, en realidad, él era un simple guardián, como antes lo había sido Muswambu.

A pesar de encontrarse junto a Bwanya en el confortable interior del chamizo, Kabindji era incapaz de dormirse. Los miles de pensamientos que se sucedían de modo caótico en su mente constituían sin duda el motivo principal de su desvelo. Por otra parte, el muchacho intuía algo extraño en el ambiente, aunque no era capaz de precisar su naturaleza. La atmósfera húmeda y el olor a ozono presagiaban la inminente proximidad de una nueva tormenta, y el viento comenzaba a soplar con fuerza en el exterior. Pero lo que inquietaba a Kabindji era otro sonido que llegaba a sus oídos mezclado con el rumor del vendaval. Asustado, apartó el entramado de palos y hojas que servía de puerta a la choza y asomó la cabeza al exterior. Las ruinas del poblado estaban sumidas en una oscuridad que sólo era rasgada de cuando en cuando por el resplandor de un relámpago. El viejo Muswambu se había dormido junto al fuego ya extinguido, y no se veía nada anormal. Sin embargo, el muchacho empezó a percibir algo que le puso la carne de gallina. Por debajo del aullido del viento parecían oírse gritos y voces humanas. Era como si el vendaval arrastrase consigo los lamentos de agonía de decenas de personas al borde de la muerte.

Kabindji cerró la entrada de la choza y se acurrucó en un rincón, temblando de pies a cabeza como si sufriera un ataque de fiebre. Inclinó la cabeza sobre su pecho y entonces vio una mancha vagamente luminosa que destacaba en la oscuridad: el talismán emitía una luz pálida y difusa. Con manos trémulas lo acercó a sus ojos y comprobó que la superficie de la piedra había dejado de ser negra y mate. Ahora era traslúcida, y a través de ella se intuían formas vagas que se movían en su interior. A medida que se concentraba en aquellas sombras en movimiento, éstas adquirían más consistencia y sus contornos se hacían más nítidos. De repente, Kabindji se encontró ante imágenes perfectamente claras e identificables. La piedra actuaba como una especie de lente a través de la cual podía contemplar una escena que le cortó la respiración: allí estaba Bongwana, el mismo poblado en el que se encontraba, pero visto desde el exterior y a cierta distancia. Su aspecto era muy diferente, pues las ruinas parecían haberse levantado para formar de nuevo bonitas chozas de madera y adobe. Al mirar entre ellas, comprobó que la desaparecida vegetación salvaje dejaba ahora al descubierto las calles estrechas de tierra apisonada, y el resplandor de varias hogueras iluminaba un poblado atestado de gente. Entonces escuchó de nuevo las voces que el viento arrastraba en el exterior, y aquel sonido se integró a la perfección con lo que veía dentro del talismán hasta formar un todo homogéneo que le hacía sentirse inmerso en aquella ilusión como si la estuviese viviendo. Aquella gente entonaba a coro una melodía hermosa y triste que producía en el muchacho una honda emoción. Por medio de algún prodigio inexplicable, estaba siendo testigo de la vida de su antiguo pueblo antes de la catástrofe, y sintió brotar de sus ojos lágrimas gruesas y amargas que resbalaron lentamente por sus mejillas. El cántico cesó de repente y, en su lugar, un silencio aterrador se extendió como un terrible presagio por toda la aldea. Sin previo aviso, la vegetación que rodeaba el poblado se abrió para dejar paso a una terrible horda de guerreros armados con lanzas y machetes. Kabindji reconoció inmediatamente los adornos y pinturas de aquellos hombres que surgían a cientos de la oscuridad:

Bowassi.

Atacaron todos a la vez, sin pronunciar una sola palabra, con una organización perfecta. Mataban con terrible eficacia, ensartando, golpeando, degollando. La sangre empapaba la tierra y la gente caía en medio de gritos, llantos y aspavientos inútiles. Un hombre joven se enfrentó valientemente al agresor. A pesar de su desventaja, consiguió herir a dos bowassi y hacer retroceder a otro antes de morir con una lanza clavada por la espalda. Sin saber cómo, Kabindji tuvo la inmediata certeza de que aquel hombre muerto a traición era Mpwabu, su padre.

La masacre prosiguió hasta que sólo quedaron unos pocos, en su mayoría mujeres y niños pequeños. Algunos de los jefes bowassi debatían sobre la conveniencia de perdonar la vida a los supervivientes, que fueron concentrados en la plaza central del poblado. Kabindji se estremeció al fijarse en una mujer joven que llevaba un niño pequeño en los brazos: estaba viendo a su madre.

A su verdadera madre.

Y lo más increíble es que también se estaba viendo a sí mismo. A pesar de que las lágrimas nublaban su vista, el joven pigmeo se esforzó por grabar aquel cuadro terrible en su memoria, especialmente la figura de la bella mujer, su rostro, sus manos, cada uno de sus rasgos. No quería volver a olvidar nunca el aspecto de su auténtica madre.

De repente, un hombre surgió entre la multitud y avanzó hasta situarse junto a la joven madre, a la que arrebató el bebé con cuidado para depositarlo en el suelo. El corazón de Kabindji se encogió dentro de su pecho. De algún modo estaba reviviendo la historia que Muswambu les había relatado en el subterráneo fosforescente, y conocía de antemano cómo iba a terminar aquello. Trató de intervenir para evitar lo que sabía que iba a suceder, pero sus músculos no respondieron: estaba completamente paralizado. No podía hacer nada. Nada excepto mirar... Poco después, cuando el cuerpo sin vida de su madre caía al suelo, Kabindji volvió a la realidad aullando de terror. Estaba empapado en sudor y temblaba de pies a cabeza, pues el realismo de aquella visión era tal que al muchacho le costaba creer que no había estado realmente allí, presenciando la horrible matanza. Bwanya se había despertado con sus gritos y le acariciaba la frente y las mejillas intentando tranquilizarle, aunque en vano:

–Has debido de tener una pesadilla espantosa –le dijo con voz suave–. Nunca te había visto tan asustado.

–No ha sido un sueño –respondió jadeante el muchacho–. He estado allí. ¡Lo he visto con mis propios ojos! De algún modo, el *biyambá-yambá* me ha enseñado lo que ocurrió... O quizá me ha llevado al pasado...

–Lo que dices... No sé dónde puede haberte llevado... Debías de estar soñando.

Nervioso, Kabindji alzó el talismán y lo colocó delante de los ojos de Bwanya.

–¡Mira! –exclamó triunfante–. Todavía se adivinan cosas en movimiento en su interior.

La muchacha acarició la superficie de la piedra y se encogió de hombros.

–Debes de tener fiebre, Kabi, porque lo único raro de esta piedra es que está muy caliente.

Kabindji suspiró resignado. Probablemente, aquellos prodigios del *biyambá-yambá* le estaban reservados sólo a él. Aunque no le había mostrado todo; cada vez que había visto al verdadero culpable, éste siempre le daba la espalda. Aún no sabía cómo era el rostro del asesino.

Capítulo decimocuarto

La emboscada

AL caer a través de la bóveda de ramas y hojas, la lluvia torrencial producía un sonido monótono y envolvente. Llovía con intensidad desde hacía varias horas, y el suelo se había convertido en un auténtico lodazal en el que los pies desnudos se hundían hasta el tobillo. Además del barro, la marcha se veía a menudo entorpecida por la cojera de Muswambu.

–Ya os dije que hubiera sido mejor quedarme en Bongwana. Yo ya he cumplido mi misión y no os sirvo para nada, aparte de retrasaros.

Sentados sobre la empapada corteza de un tronco, Bwanya y Kabindji aguardaban al anciano.

–Precisamente por haber cumplido tu misión, no tiene sentido alguno que permanezcas en ese pueblo muerto –dijo Kabindji–. Por otra parte, nadie mejor que tú podría conducirnos hasta el lugar en el que viven nuestros hermanos.

El anciano se sentó en el tronco junto a los jóvenes y suspiró. El agua chorreaba por su piel magullada y su cuerpo se estremecía de cuando en cuando en un escalofrío.

–La verdad es que me encantaría volver a ver un poblado botshuá –dijo pensativo–. Me refiero a un poblado *vivo,* con el alegre ajetreo de sus habitantes..., las risas de los niños...

Kabindji hubiese jurado que algunas de las gotas que resbalaban por las mejillas de Muswambu eran ajenas a la lluvia. Bwanya se acercó al viejo y deslizó su mano por encima de los huesudos hombros.

–¡Vamos, Muswambu! ¿Dónde está el valiente cazador? ¿Dónde el fiero guerrero que tanto presumía? No me dirás que te has vuelto tan blando como para permitir que un poco de lluvia te desanime, ¿verdad? Pronto podrás ver un poblado lleno de gente, y tú mismo te convertirás en uno de sus alegres habitantes. Seguro que habrá una mujer soltera que se volverá loca por ti nada más verte.

–En eso tienes razón, muchacha –dijo el anciano hinchando su escuálido pecho–. Las mujeres pueden ir preparándose, que allá va el terrible Muswambu.

Todos rieron durante un rato. Luego reemprendieron la marcha, con Bwanya ayudando a caminar a Muswambu. Kabindji se volvió para contemplar a la curiosa pareja y sonrió complacido: una joven bowassi que ayudaba a un viejo pigmeo... ¿Podía existir una imagen más prometedora?

La lluvia cesó poco después, pero la humedad persistía, empapándolo todo. Hacía tiempo que habían cruzado la macabra hilera de estacas que señalaba los límites de la selva prohibida, pero en lugar de seguir hacia el norte y adentrarse en el territorio de los bowassi, torcieron a la derecha.

Hacia el este.

–¡Mira, Kabindji! –exclamó Muswambu señalando las ramas de un árbol–. ¿Ves ese pájaro que grita de forma tan insistente? Viene siguiéndonos desde hace un rato.

El ave en cuestión tenía un aspecto bastante anodino: del tamaño aproximado de un mirlo, era de un color pardo verdoso, con una mancha amarilla detrás de los ojos y una franja oscura en la garganta.

–Conozco ese tipo de pájaros –contestó Kabindji sin molestarse en mirar–. Son muy escandalosos y molestos. Los bowassi los llaman *ndeke ya matata*[13] y los odian porque a veces arman tanto ruido que espantan la caza. No creerás que se trata de un espía enviado por el jefe Nsomo, ¿verdad?

–Nada de eso. Has vivido tanto tiempo entre los bowassi que has aprendido a comportarte con la misma arrogancia que ellos. ¿No se te ha ocurrido pensar que ese *ndeke* tiene motivos para intentar llamar la atención de los hombres?

–¿Motivos..., un pájaro?

–Pues claro. Venid conmigo y os mostraré uno de los secretos del pueblo botshuá.

Cuando se aproximaron al lugar donde se encontraba el pájaro, éste se alejó un poco y desde otro árbol comenzó a proferir de nuevo sus gritos y llamadas. Así continuaron persiguiendo al ruidoso animal hasta que se detuvo finalmente en las ramas altas de un árbol viejo y semipodrido. Allí se quedó plantado, aguardando.

–¡Escuchad...! –susurró el anciano señalando hacia arriba.

En el ambiente se percibía un zumbido insidioso que parecía surgir de todas partes al mismo tiempo. Entre las

---

[13] *ndeke ya matata:* en lingala significa «pájaro alborotador».

ramas secas del viejo árbol podía verse una multitud de puntitos oscuros que se desplazaban a gran velocidad.

–¡Abejas! –exclamó Bwanya asustada–. ¡Vámonos rápido, o nos picarán!

Ignorando los aspavientos de la muchacha, Muswambu se acercó al tronco y pegó el oído a la corteza podrida. Sonreía satisfecho cuando dijo:

–No debéis correr ni hacer movimientos bruscos; eso irrita a las abejas. Tendremos que quemar hojarasca para producir humo, y cuando anochezca recogeremos una suculenta ración de miel.

A la mañana siguiente abandonaron el árbol de la miel (no sin antes dejar una buena ración para el pájaro indicador[14], que se la había ganado). Reconfortados por el rico alimento, el trío prosiguió su camino. A medida que progresaban hacia el este, el aspecto del terreno cambiaba a su alrededor. La espesa selva iba dejando paso a suaves colinas y valles salpicados por negras formaciones rocosas de origen volcánico. Tanto el joven pigmeo como la muchacha bowassi observaban todo aquello con recelo, pues nunca habían visto un paisaje tan distinto a su amada selva natal. Los grandes espacios abiertos que aparecían ante sus ojos casi les producían vértigo. Jamás hubieran imaginado que algo así pudiese existir.

Al fin llegaron junto al pie de una abrupta pared de piedra negra; a pocos metros se abría la entrada de un estrecho desfiladero que descendía con empinada pendiente en-

---

[14] pájaro indicador *(Indicator indicator):* pájaro de unos veinte centímetros de longitud y colores discretos que se caracteriza por su costumbre de guiar a algunos mamíferos (incluido el hombre) hasta las colmenas silvestres, de cuyos restos se alimenta. Al menos seis especies de indicador son parásitos de nido, como el cuco.

tre dos paredes de lava solidificada. Kabindji se asomó al fondo del precipicio y divisó un paisaje que le cortó la respiración: a sus pies se extendía un profundo valle tapizado por un frondoso bosque. Entre los árboles que formaban aquella extensa alfombra verde, las aguas rojizas de una corriente rápida y abundante brillaban con mil reflejos, acariciadas por los rayos del sol poniente. El río Nzulá estaba allí, a pocas horas de marcha.

–¡La tierra de los botshuá del este! –exclamó jubiloso Muswambu–. Nuestro viaje toca a su fin.

Bajaron con rapidez por el escarpado sendero. Ya en el interior del valle, se adentraron en una selva misteriosa y desconocida, hallando a su paso multitud de animales salvajes que no parecían asustarse ante la presencia del pequeño grupo. También la vegetación se mostraba con una exuberancia desacostumbrada, incluso para un bosque tropical. Kabindji hizo un comentario al respecto, y Muswambu le explicó:

–Hace muchos años que nadie viene por aquí. Ni siquiera los pigmeos cazan a este lado del río. Es evidente que ninguna de estas bestias ha visto un cazador en su vida, ni tampoco se han talado árboles o recogido frutos. Esta selva se encuentra en estado puro, como también lo estaban otras regiones antes de que llegaran los hombres: los washai..., los bowassi..., los botshuá...

–Pues lamento estropear la pureza de este lugar –dijo Kabindji haciendo una mueca de disgusto y tomando su arco–, pero se está haciendo de noche y no tengo más remedio que cazar algo para cenar.

–Adelante –le animó el viejo–. Y procura que sea algo tierno. Mis dientes están muy mal. Nosotros encenderemos un buen fuego mientras tanto.

Bwanya se acercó a Kabindji y le sujetó el brazo con firmeza:

–No te vayas –suplicó–. Tengo el presentimiento de que algo malo va a ocurrir.

–No temas –respondió el muchacho–. Llevando conmigo el *biyambá-yambá,* nada tengo que temer. Aunque me gustaría poder utilizar el talismán para cazar. Llevo varios días con esta poderosa piedra mágica colgada al cuello y aún no sé cómo funciona.

–Supongo que no necesitas saber nada... –observó Muswambu encogiéndose de hombros–. Nkoba no me dijo que el talismán tuviese secreto alguno, así que probablemente bastará con que lo lleves encima. De todas formas, no me vengas con tonterías: tú no necesitas ningún poder especial para cazar una suculenta pieza.

Kabindji se alejó con paso ligero hasta que encontró en el barro las huellas frescas de unas pezuñas hendidas. La reciente lluvia facilitaba mucho el rastreo, y pronto pudo divisar lo que buscaba: un joven antílope que pastaba plácidamente en un claro. Al igual que el resto de las bestias de aquella zona, el animal se mostraba tranquilo y confiado, como si no existiera en el mundo depredador alguno que pudiese amenazar su pacífica existencia. Por si acaso, el joven pigmeo buscó la dirección del viento para evitar ser olfateado por su presa y luego avanzó hasta adoptar la posición idónea. Metió la mano en su carcaj y escogió una flecha con punta de hueso. La oscuridad avanzaba rápidamente, difuminando los detalles y contornos de los objetos, y el joven cazador comprendió que debía darse prisa. Con un hábil giro de su hombro y sin ningún esfuerzo aparente, tensó la cuerda de su poderoso arco. Durante un instante toda la escena pareció congelada. Nada se movía, ni siquiera los músculos del cazador temblaban lo más mínimo a pesar de la enorme tensión a que estaban sometidos.

El disparo de la flecha y el salto del antílope se produjeron casi al mismo tiempo..., pero la saeta tenía muy poca inercia y era mucho más rápida que el animal, que resultó atravesado en el aire, a mitad de su grácil brinco.

Fue al agacharse para recoger su presa cuando sucedió algo sorprendente. Hacía tiempo que el sol se había ocultado tras los frondosos árboles que le rodeaban; sin embargo, un rayo de luz anaranjada logró abrirse paso a través de los troncos y las ramas y fue a incidir justo en el colgante que Kabindji llevaba sobre su pecho, arrancando un brillante reflejo de su pulida superficie. El aspecto del *biyambá-yambá* pareció cambiar ante los atónitos ojos del muchacho, y una luz siniestra surgió del interior del objeto, que quedó iluminado por un insólito fulgor rojizo: la piedra entera parecía una enorme gota de sangre. Kabindji supuso que aquello debía de significar algo, una especie de mensaje en clave que el objeto trataba de transmitirle, pero fracasó en su intento por entenderlo. Aunque ignoraba el sentido de aquella nueva manifestación del poder del talismán, el joven pigmeo intuyó que aquel prodigio no presagiaba nada bueno. Con el corazón en un puño, se echó el cuerpo del antílope al hombro y corrió hacia el lugar donde se habían quedado Bwanya y Muswambu.

Corrió con todas sus fuerzas. A pesar de la carga que suponía el cuerpo inerte que llevaba a sus espaldas, tardó muy poco tiempo en llegar hasta el sitio donde aguardaban sus compañeros..., o mejor dicho, donde deberían aguardarle. Lanzó espantadas miradas a su alrededor, intentando asegurarse de que aquél era realmente el mismo pequeño calvero en el que el anciano y la muchacha se habían quedado a esperarle. Enseguida reconoció el paisaje, incluso había un montón de leña apilada junto al tronco de un viejo árbol. No cabía la menor duda: era allí. ¿Dónde estaban, entonces? ¿Por qué ni siquiera habían terminado de encender el fuego? Comenzaba a oscurecer y Kabindji tuvo que ponerse en cuclillas para poder examinar el suelo en busca de una explicación... Lo que descubrió hizo que el corazón le diera un vuelco: se veían claras huellas de numerosos pies descalzos.

Se puso en pie de un salto y trató de imaginar lo que había sucedido. Tres palabras terribles torturaban su mente:

¡Emboscada!

¡Bowassi!

¡Muerte!

Los más negros pensamientos abrumaban su cerebro sin permitirle pensar con claridad. ¿Qué dirección habrían tomado? ¿Qué habría sido de Bwanya y de Muswambu? Como respuesta a sus oscuros presagios, escuchó un lamento entrecortado que procedía de unos matorrales próximos. Respirando con dificultad y con el corazón a punto de reventar, corrió hacia allí. A medida que se acercaba, los gemidos sonaban con más intensidad. Notó una sustancia cálida y viscosa bajo las plantas de sus pies, pero siguió corriendo. Al llegar junto al lugar del que procedía la voz, sus ojos se fijaron en algo que asomaba de forma dramática entre la maleza.

Kabindji sintió la irrefrenable necesidad de gritar con todas sus fuerzas. A pesar de la falta de luz, no cabía error posible: era una mano. La mano de alguien que yacía en el suelo.

Capítulo decimoquinto

Dos pigmeos solitarios

CUANDO Kabindji rodeó los arbustos encontró a Muswambu tendido boca arriba y cubierto de sangre. Sobre su cuerpo se adivinaban varios cortes poco profundos y algunos arañazos, pero la mayor parte de la sangre manaba de una herida más seria en la cabeza. Al ver al muchacho, el anciano intentó incorporarse, pero sus fuerzas le abandonaron y volvió a caer.

–¿Qué ha pasado? –preguntó Kabindji con voz entrecortada por la emoción.

–Los bowassi... otra... vez... –Muswambu respiraba con mucha dificultad y sus palabras apenas eran inteligibles–. Iban dirigidos por un guerrero orgulloso y joven, muy pintarrajeado...

–¡Likongá! –confirmó Kabindji con enojo.

–El antiguo enemigo, el causante de la matanza de Bongwana no ha venido esta vez. Supongo que también habrá envejecido y ya no se sentirá con ánimos de participar en viajes tan largos.

–¿Dónde está Bwanya? ¿Le han hecho daño?

–Se la han... llevado. El joven jefe le propinó una paliza nada más verla. Parecía una fiera salvaje.

–¡Maldito sea! Algún día mataré a ese miserable.

–Tienes motivos para odiar, pero no debes permitir que ese sentimiento gobierne tus actos. Una vez calmada su furia, lo más probable es que ese mequetrefe emplumado deje en paz a la chica. Tienes... que apresurarte y llevar el *biyambá-yambá* a nues... tros hermanos... Ellos te ayudarán.

Kabindji sacudió la cabeza y golpeó con rabia el suelo con su puño cerrado, que se hundió varios centímetros en el barro.

–No os abandonaré –rugió–. Ni a Bwanya ni a ti. No iré a ninguna parte hasta que esos canallas reciban su merecido. Ahora debes pensar en curarte. Ya has sobrevivido una vez a una situación parecida. ¡Puedes volver a hacerlo!

–Desde luego... ¡Ay! –exclamó llevándose la mano al magullado cuero cabelludo–. Esto duele.

Kabindji intentó aliviar sus sufrimientos colocando su bolsa de cuero a guisa de almohada bajo la maltrecha cabeza.

–En realidad –prosiguió el anciano–, hace falta algo más que un puñado de bowassi para acabar con el viejo Muswambu. Ha sido para mí una suerte que mi herida haya sangrado tanto. Al verme tendido en el suelo y cubierto de sangre, han debido de darme por muerto. Es la segunda vez que escapo de sus manos asesinas.

Kabindji acomodó al anciano junto al tronco de un gigantesco baobab[15]. El viejo era incapaz de dormir, y no paraba de agitarse y gemir de dolor mientras Kabindji per-

[15] baobab: árbol de África tropical perteneciente a la familia de las bombacáceas. Su tronco es espectacular por su grosor, pudiendo llegar a los diez metros de circunferencia. Tiene grandes flores blancas y carnosas. Sus frutos en forma de calabaza presentan un sabor agradable y su jugo se utiliza para elaborar bebidas.

manecía a su lado, cuidándole como podía. En un momento dado, el muchacho tuvo la ocurrencia de quitarse el talismán y colocarlo sobre el pecho del anciano. Le pareció que en aquel instante Muswambu lo necesitaba mucho más que él mismo, aunque ignoraba si el *biyambá-yambá* sería capaz de ayudar a sanar al herido. Tal vez fuera una simple coincidencia, pero nada más colocar la piedra sobre el agitado pecho del viejo, éste quedó sumido en un sueño profundo y relativamente tranquilo.

Mientras Muswambu dormía, Kabindji se dispuso a repasar la situación creada tras el ataque de los bowassi. Todo parecía indicar que se trataba de una iniciativa personal del propio Likongá, que sin duda había optado por emprender personalmente el camino para recuperar a su prometida. El grupo de guerreros que le acompañaba era reducido, y Kabindji supuso que se trataría de los incondicionales del hijo del jefe, como Lisangu, Mpundu y algunos otros. Lo que más preocupaba al joven pigmeo era rescatar a Bwanya cuanto antes, pero también era consciente de que sería casi imposible conseguirlo sin ayuda. Especialmente al tener que cuidar del anciano herido. Ni siquiera el *biyambá-yambá* le permitiría enfrentarse con éxito a un grupo de fuertes guerreros bowassi armados hasta los dientes. ¿Qué podía hacer él solo contra todo un ejército bowassi? ¿Qué esperanzas tenía de poder rescatar a Bwanya sin la ayuda de nadie? A pesar de sus deseos de actuar inmediatamente, decidió obedecer los sabios consejos de Muswambu y continuar hacia el este. Confiaba en encontrar pronto a los otros pigmeos, pues Likongá podía atacar de nuevo. Al pensar en el hijo de Nsomo, sintió brotar de nuevo la cólera en su interior y su cuerpo se envaró. Detrás de la expresión ceñuda de su rostro se adivinaba una férrea determinación. Se sentía impulsado por una energía desconocida y arrolladora, y en su mente comenzaban a cristalizar los primeros esquemas de un plan para rescatar a Bwanya. Su mayor temor era que Likongá tuviera tiempo de convertirla en su esposa antes de que él pudiese evitarlo. También le preocupaba que la muchacha tratara de huir y resultase herida en el intento.

Si al menos supiera utilizar el poder del talismán...

El objeto parecía haber estado a punto de funcionar al menos dos veces: la primera, cuando tuvo aquella visión tan vívida en la cual casi llegó a identificar al asesino de sus padres, y la segunda, cuando raptaron a Bwanya, dando por muerto al pobre Muswambu... Sin embargo, Kabindji no lograba comprender qué era lo que había provocado la actividad del mágico objeto, ni tampoco por qué dicha actividad se había detenido al poco de comenzar.

A la mañana siguiente, Muswambu amaneció visiblemente mejorado. Se puso en pie sin necesidad de ayuda y sus primeras palabras fueron para reclamar comida:

–Me pareció vislumbrar que trajiste un antílope. Confío en no haberlo soñado, porque me muero de hambre.

Kabindji sonrió ante el buen aspecto del anciano. Parecía otro hombre.

–Eres un tragón –le recriminó–. Estamos en una situación muy delicada, con Bwanya en manos de los bowassi y nosotros a merced de un nuevo ataque. Sin embargo, tú sólo piensas en llenarte el estómago.

–Si no reponemos fuerzas, la situación delicada de la que hablas podría convertirse en dramática.

–Está bien –concedió el muchacho–. Encenderemos fuego para asar ese antílope.

–¡No! El humo podría alertar a los bowassi, si aún están cerca. Comeremos la carne cruda. No está tan buena, pero también alimenta.

Mientras masticaba la insípida carne cruda, el recuerdo de su desaparecida compañera golpeaba sin cesar la mente de Kabindji. La ausencia de la muchacha se le antojaba particularmente dolorosa; se había acostumbrado a su presencia alegre y viva, a su voz dulce y a la mirada risueña de sus ojos grandes y brillantes. Ahora que ya no estaba, Kabindji era incapaz de apartar de su mente a la joven bowassi. La imaginaba corriendo de nuevo a su lado, o sonriendo desde lo alto de una rama mientras recogía alguna deliciosa fruta. Durante el largo trayecto tras abandonar la aldea de Nsomo, habían tenido ocasión de reforzar su mutuo conocimiento y su amistad. Mientras atravesaban los sombríos laberintos vegetales, Kabindji había admirado con emoción la belleza salvaje de la joven bowassi, la elegancia de su cuerpo bronceado y flexible, la felina agilidad de sus movimientos, dignos de una joven pantera negra. Y lo mejor de todo es que ella también parecía observarle con interés, especialmente cuando ponía en práctica alguna de sus habilidades como cazador o rastreador. Y si en ocasiones llegó a dudar de la conveniencia de sus sentimientos hacia una bowassi, un simple encuentro con la mirada tierna y sincera de Bwanya le había hecho arrepentirse de su suspicacia, comprendiendo lo feliz que se sentía junto a ella. Entonces supo que ya no podría vivir sin la compañía de aquella mujer de otra raza.

De aquella mujer a la que amaba.

De aquella mujer que quizá nunca volvería a ver.

¡No! El hambre podría alcanzar [illegible] estar cerca. Comeremos [illegible] [illegible] perro [illegible]

[illegible]

Mi [illegible] la [illegible] de su [illegible] [illegible] [illegible] de [illegible]. La [illegible] [illegible] [illegible] [illegible] presencia [illegible] [illegible] de sus ojos [illegible] nos [illegible] [illegible] de [illegible] [illegible] [illegible] llegó [illegible] de la [illegible] [illegible] una [illegible] [illegible] [illegible] sincera de [illegible] [illegible] la [illegible] [illegible] Entonces [illegible] o que ya no podía [illegible] compañía de [illegible] mayor de [illegible] raza.

De aquella manera la que andu[illegible]

De[illegible]mente quise [illegible], volví a ver [illegible]

Capítulo decimosexto

Sangre junto al río Nzulá

MUSWAMBU aún llevaba el talismán colgado al cuello. La rápida y efectiva cicatrización de sus heridas había impulsado a Kabindji a insistir en que fuera el anciano quien portase la piedra mágica, al menos hasta su completa recuperación. Pocas horas más tarde llegaron junto a las turbias y agitadas aguas del río Nzulá, y allí se detuvieron a descansar.

–Este río es ancho y caudaloso –observó pensativo el joven pigmeo–. ¿Cómo vamos a cruzarlo?

–El Nzulá posee otras muchas cualidades que no se aprecian desde aquí –contestó Muswambu–. En su centro, la corriente se vuelve rápida y está plagada de remolinos. Un poco más abajo de donde estamos nosotros hay unas cataratas por donde las aguas se precipitan desde una altura mayor que la del árbol más alto que hayas visto en tu vida, Kabi. Te aseguro que nadie que se deje atrapar por la poderosa zarpa del Nzulá podrá escapar con vida, y sus restos destrozados serán devorados por los peces y los cocodrilos que habitan río abajo. Aunque sepas manejar muy bien una piragua, puedes naufragar si no sabes exactamente por dónde hay que pasar.

–¿Tú lo sabes?

–Lo sabía. De hecho, he cruzado este río en cuatro ocasiones, aunque hace ya tiempo de eso.

–De nada nos sirven esos recuerdos tuyos si ni siquiera disponemos de una piragua. ¿Dónde podemos conseguir una?

–No será necesario. Por fortuna, el viento sopla hacia la otra orilla, y no hay nada mejor que la superficie del agua para hacer llegar la voz muy lejos.

–¿Vas a llamarlos a gritos?

–Más o menos.

Haciendo bocina con las manos, el viejo Muswambu lanzó una potente serie de silbidos agudos, tan estridentes que Kabindji tuvo que taparse los oídos con gesto contrariado. A los pocos segundos, una respuesta similar surgió desde la enmarañada vegetación de la otra orilla.

–Ya sólo nos queda esperar –musitó el viejo sentándose cómodamente a la sombra de una joven palmera.

Kabindji se puso en pie de un salto. Hacía bastante rato que Muswambu había lanzado su curiosa llamada a través del río y aún no se veían señales de los famosos botshuá del este. Sin embargo, el joven pigmeo acababa de presentir un peligro inminente. Su finísimo oído había detectado un furtivo rumor procedente de la selva, a sus espaldas. Y la experiencia le había enseñado a reconocer, a través de un simple ruido, la *intencionalidad* del ser que lo producía. Sabía distinguir cuándo un animal o una persona intentaba disimular su presencia deliberadamente mediante movimientos furtivos. Con un gesto rápido empuñó su lanza y tensó todos sus músculos.

Demasiado tarde.

En un instante se vio rodeado por un grupo de pintarrajeados guerreros bowassi.

Kabindji reconoció enseguida a algunos de aquellos hombres: Lisangu, Mpundu, Likongá... Todos vestían sus galas de guerra. Aunque los ojos de Kabindji la buscaron con ansiedad, no se veía ni rastro de Bwanya. Al parecer, la habían dejado en alguna otra parte. Tampoco pudo localizar al viejo Muswambu; se había esfumado en el preciso instante en que aparecían los bowassi.

–Sabía que nos encontraríamos pronto –rió el hijo de Nsomo apoyando la punta de su venablo en la garganta del muchacho–. Será mejor que sueltes tu lanza y te rindas, a menos que te creas capaz de derrotar tú solo a media docena de guerreros *de verdad*.

Kabindji obedeció, dejando caer su arma sobre la blanda hierba. Sintió cómo se desmoronaba su ánimo, su esperanza de rescatar a Bwanya y hacer justicia a sus antepasados. Ahora estaba perdido, y ni siquiera llevaba puesto el talismán. Mpundu se plantó junto a él y le habló en tono despectivo:

–Al igual que tus antepasados, vas a morir a manos de un bowassi: es un destino justo para los enemigos de nuestro pueblo, aunque tú eres muy afortunado. Vas a ser ejecutado por la mismísima mano de Likongá, nuestro futuro jefe.

Kabindji miraba a su alrededor en busca de cualquier detalle que pudiera ayudarle a escapar de aquella situación absurda en la que se encontraba. Comprendió que iba a morir, pero se negaba a abandonar este mundo sin luchar, sin vender cara su vida. El problema era que no podía hacer nada que no fuera un simple suicidio. Ante el menor movimiento sospechoso, el infame Likongá hundiría con toda facilidad aquella afilada punta de cobre en su cuello. Intentó ganar tiempo hablando:

–¿Dónde está Bwanya? –preguntó.

–Eso a ti no te importa.

–¿Por qué quieres matarme? Puedo serte más útil vivo.

–Eso lo dudo. Ningún pigmeo puede serle útil a nadie. Bwanya ha dicho que posees el *biyambá-yambá*. Entrégamelo y al menos te concederé una muerte rápida. De lo contrario haré que tu agonía se prolongue durante horas.

–No lo tengo.

El bowassi recorrió con la mirada el cuerpo de Kabindji y arqueó las cejas en un gesto de perplejidad.

–¡Registradle! –ordenó a sus hombres.

–¡Que nadie se atreva a poner su mano sobre *el elegido!* –gritó una voz desde la espesura.

–¿Qué? –Likongá volvió la cabeza hacia el lugar del que procedía aquella voz, aunque sin apartar ni un milímetro su lanza de la garganta de su prisionero.

–Creo que es ese condenado pigmeo, el viejo que dimos por muerto –aventuró Lisangu.

Los ojos de Likongá echaban chispas. Fuera de sí, se dirigió a sus propios hombres y les gritó:

–¿Qué hacéis ahí pasmados? ¡Id a buscar a ese loco y acabad con él! No vamos a perder todo el día por un par de miserables pigmeos.

Antes de que los guerreros bowassi tuvieran tiempo de reaccionar y prepararse para el combate, varias pequeñas figuras de ébano surgieron de la vegetación. Eran todos de baja estatura, pero ágiles y musculosos. Avanzaban encorvados, con las lanzas y las flechas envenenadas apuntando hacia los bowassi. Al frente de ellos caminaba orgulloso Muswambu, con el talismán colgado de su cuello.

–¡Es una emboscada! –exclamó Likongá–. No importa. Una vez más, la sangre impura de los botshuá será derramada por la mano de nuestros guerreros.

Y, tensando los músculos del brazo que sujetaba su lanza, se volvió hacia Kabindji y añadió:

–Empezando por ti... ¡Aaaghh!

Durante unos segundos, todo quedó en silencio.

La cuerda del arco todavía vibraba en las manos de Muswambu, mientras Likongá permanecía inmóvil, rígido como una estatua. Los ojos del hijo del jefe estaban desorbitados en un gesto de sorpresa y dolor. De su boca abierta sólo surgían sonidos incoherentes e incomprensibles, y la lanza que amenazaba a Kabindji escapó entre sus dedos. Ante la desconcertada mirada de sus hombres, Likongá dio unos pasos vacilantes y se desplomó. Quedó tendido boca abajo sobre la hierba húmeda, con el largo mástil de una flecha asomando por debajo de su omóplato izquierdo.

El hijo de Nsomo estaba muerto.

Los demás guerreros bowassi se miraban unos a otros sin saber qué hacer. La repentina e inesperada muerte de su jefe los había dejado paralizados. Sin embargo, algunos de ellos reaccionaron y se volvieron para enfrentarse a sus enemigos. Otros, más precavidos, aprovecharon la confusión para retroceder. Así escaparon Lisangu y Mpundu, los lugartenientes del fallecido cacique.

El combate duró poco tiempo. Los bowassi que quedaban estaban en situación de inferioridad: unos huyeron y otros se rindieron pronto.

En pocos minutos, los botshuá habían desarmado y apresado a tres de ellos.

–¡Muswambu! –exclamó Kabindji cuando todo hubo concluido–. ¡Viejo loco! No has podido reaparecer en mejor momento. Aunque me gustaría que me explicaras cómo diablos has hecho para esfumarte justo antes de la llegada de estos canallas.

–Ni yo mismo lo sé –respondió el anciano encogiéndose de hombros–. Supongo que el talismán tiene algo que ver en ello. Sin darme cuenta de lo que ocurría, de repente me encontré junto a nuestros hermanos, que acababan de desembarcar cerca de aquí. Entonces escuchamos voces y comprendí que algo raro estaba sucediendo. El resto lo has podido presenciar tú mismo. Me alegra comprobar que aún puedo manejar un arco sin que me tiemble el pulso. Aunque mi acierto ha podido deberse también a la influencia del talismán... Por cierto, aquí lo tienes. Yo ya no lo necesito.

El anciano colocó de nuevo el colgante alrededor del cuello de Kabindji y luego se dirigió a los pigmeos del este para añadir:

–Os presento a Kabindji, superviviente del desaparecido poblado de Bongwana y depositario de los poderes del brujo Nkoba. Kabindji, el elegido para dirigir los destinos de nuestro pueblo.

Capítulo decimoséptimo

Los botshuá del este

DEBIDO a los terribles acontecimientos pasados, el pueblo botshuá se había tornado prudente y desconfiado. Por eso, mientras eran conducidos a bordo de una estrecha piragua hasta la otra orilla del Nzulá, Kabindji y Muswambu pudieron sentir el peso de las miradas recelosas que sus hermanos botshuá clavaban en ellos y, muy especialmente, en la piedra oscura que el muchacho llevaba colgada sobre su pecho. Cuando se dirigían a los prisioneros bowassi que yacían amarrados en el fondo de la embarcación, esas mismas miradas se llenaban de odio.

Tal como había explicado anteriormente Muswambu, en el centro del río la corriente era muy fuerte y se veía agitada por torbellinos y rápidos. Las aguas enfurecidas se obstinaban en arrastrar las frágiles embarcaciones hacia las mortíferas cataratas, un salto de más de treinta metros de altura por donde el torrente se despeñaba en medio de un rugido ensordecedor y de grandes nubes de vapor que se elevaban al cielo. Con la serenidad propia de la costumbre, los vigorosos remeros pigmeos sortearon con pericia la zona de peligro hasta alcanzar el tranquilo remanso que se extendía junto a la otra orilla. Después de ocultar las piraguas entre unos matorrales, el grupo ascendió por un intrincado laberinto de tupida vegetación.

El poblado de los pigmeos estaba muy bien disimulado, semioculto en el fondo de una quebrada rodeada de grandes árboles. No era posible adivinar su presencia hasta encontrarse casi dentro de él.

Ya en el interior del poblado, lo primero que sorprendió a Kabindji fueron las enormes diferencias entre la estrechez de aquel lugar y la aireada opulencia y esplendor de la desaparecida Bongwana. Aquí las viviendas se alineaban a ambos lados de un simple pasillo central, sin calles o plazas propiamente dichas. Las chozas eran semiesféricas, fabricadas con un armazón de ramas recubierto con grandes hojas de bananero. Sus dimensiones resultaban tan exiguas que obligaban a permanecer agachados en su interior incluso a los pigmeos de menor estatura.

Los prisioneros fueron conducidos, en medio de la expectación general, a través del largo callejón que discurría entre las diminutas chozas del poblado. Tras ellos hicieron su aparición Muswambu y Kabindji, y la presencia de los recién llegados provocó un gran revuelo en la aldea de los botshuá. Todos se arremolinaban y se empujaban entre sí para poder observar mejor al portador del mítico talismán: un elegido que, según las profecías de los brujos, habría de devolver al pueblo botshuá su antiguo esplendor. El más interesado de todos era el jefe de los pigmeos, un hombre robusto y algo taciturno, que no se dejaba engañar por el aparente éxito que suponía la captura de unos pocos enemigos. Cada vez que sus ojos pequeños y hundidos se posaban sobre aquel joven al que todos llamaban ya *el elegido de Bongwana,* una sombra de inquietud oscurecía momentáneamente la expresión de su rostro severo. Mientras tanto, Muswambu relataba con entusiasmo los pormenores de su viaje, incluido el ataque de los bowassi y el rapto de la muchacha, y pronto tuvo a su alrededor un alegre corrillo de mujeres y niños curiosos.

El semblante del jefe expresaba con claridad su descontento ante los inesperados acontecimientos que venían a turbar la pacífica tranquilidad de su poblado. La muerte del hijo del poderoso jefe Nsomo no podía sino acarrearles terribles represalias. Y lo que menos necesitaban los botshuá en aquellos momentos era verse implicados en guerras y conflictos con los temibles bowassi. Al menos, así lo creía el jefe Nkane. De muy buena gana habría despachado a aquellos molestos visitantes para proseguir con los necesarios quehaceres habituales, esas tareas rutinarias que su aldea necesitaba para sobrevivir: moler la harina de mandioca para hacer *kwanga*[16], recolectar miel, trenzar cáñamo o salar y poner a secar el pescado. Sólo el entusiasmo que mostraba su propia gente le impidió proclamar abiertamente lo que opinaba.

Esa misma noche los pigmeos celebraron una gran fiesta en honor de Kabindji. Parecía como si el jefe Nkane, arrepentido de su propia actitud, quisiera acallar su conciencia agasajando al recién llegado. Después de devorar grandes cantidades de carne de cocodrilo y de beber abundante licor fermentado de palma, los habitantes de la aldea se entregaron con frenesí a alegres cantos y bailes.

---

[16] *kwanga:* abreviatura de *tshikwanga* (ver nota 10, pág. 67).

Tras buscar a Muswambu durante unos instantes, Kabindji sonrió al descubrir que el viejo guerrero se había sentado en un rincón apartado en compañía de una mujer algo más joven que él. El caso es que ambos parecían entenderse a la perfección, pues no paraban de charlar y el sonido de sus carcajadas llegaba hasta los oídos del muchacho por encima del estruendo de los tambores y los bailarines. El propio Kabindji tenía a su alrededor a todo un grupo de sonrientes y curiosas admiradoras..., pero sus pensamientos estaban en otra parte. A pesar de ser el centro de la atención y de los honores, el muchacho se sentía deprimido y ausente..., incluso decepcionado. ¿Dónde había quedado el valor de su pueblo? ¿Qué había sido del antiguo orgullo de su raza? Sin poder aguantar por más tiempo la pasividad de sus propios hermanos, se puso en pie y gritó:

–No podemos seguir aquí, comiendo y bebiendo sin más. Con cada hora que transcurre, los fugitivos se alejan más y más de nosotros. Tenemos que alcanzarlos antes de que sea demasiado tarde. Hay que rescatar a Bwanya.

–Eso ya no es posible –afirmó Nkane–. Mis hombres han estado interrogando a los prisioneros bowassi y dicen que la enviaron hacia su poblado muchas horas antes de vuestro encuentro con ellos. Parece ser que la chica entorpecía su avance y fue el propio Likongá quien dio la orden a dos guerreros de confianza para que la escoltaran. De todas formas, sería muy difícil darles alcance ahora.

–Pues entonces, iremos a buscar a la chica al mismísimo poblado de los bowassi –proclamó Kabindji señalando en dirección al río.

–Eso sería una locura –objetó el jefe–. Los bowassi son una raza de feroces guerreros acostumbrados a la lucha. Nos destruirían sin pestañear, como acabaron con tantos otros pueblos en el pasado.

–Ahora es diferente. Los bowassi ya no están unidos como antes. Incluso en ese poblado hay muchos que se oponen a la tiranía de Nsomo. Por otra parte, es probable que no sea necesario derramar ni una gota de sangre. Yo me he criado en ese lugar, conozco los alrededores como la palma de mi mano..., y tenemos el *biyambá-yambá*.

–Además de todo eso, sabemos que la magia del poderoso brujo Nkoba nos protege –intervino Muswambu–. Kabindji tiene razón: los bowassi aún no han tenido tiempo suficiente para agruparse con otros poblados del norte, como hicieron en el pasado. Debemos darnos prisa, pues los acontecimientos parecen indicar que todo está comenzando de nuevo. No cometamos el mismo error de nuestros antepasados, que no quisieron ver el peligro hasta que fue demasiado tarde. Vayamos a luchar. La memoria de nuestros muertos nos exige ese sacrificio. Su sangre inocente clama venganza.

La multitud estalló en gritos entusiastas y comenzó a aplaudir y vitorear a los dos hermanos venidos del oeste. Nkane sacudió la cabeza y alzó los brazos reclamando silencio. Comprendió que sería imposible negarse a participar en lo que se le antojaba poco menos que un suicidio, así que optó por una solución de compromiso que limitase en lo posible la magnitud del desastre:

–No estamos en condiciones de prescindir de todos nuestros hombres. Tenemos muchas y penosas faenas que realizar y no nos sobran brazos. Sin embargo, dadas las circunstancias excepcionales que se presentan, os concedo treinta hombres para que os escolten y os ayuden a rescatar a esa muchacha. Ojalá podáis hacer justicia con los asesinos de nuestros hermanos.

Capítulo decimoctavo

Regreso al poblado bowassi

El poblado gobernado por Nsomo presentaba el mismo aspecto de la noche en que Kabindji y Bwanya lo abandonaron. A pesar de ello, el joven pigmeo podía intuir que se había producido algún cambio sutil en el ambiente: se adivinaba que algo extraño sucedía. Las voces que llegaban hasta donde se escondían los pigmeos sonaban con un timbre alterado, y el movimiento de la gente distaba mucho del tranquilo ir y venir apacible de un día normal. La tensión se palpaba por todas partes. Probablemente, la noticia de la muerte de Likongá había trastornado la vida de los bowassi. Kabindji pensó que aquella situación podía resultar incluso favorable para sus planes.

–Voy a entrar –susurró al oído del viejo Muswambu.

–Es demasiado peligroso. Al menos déjame ir contigo. Ya te he demostrado que puedo salvarte la vida.

–No. Entrando solo me resultará mucho más fácil pasar inadvertido. Y no te preocupes por mí; no olvides que me he criado ahí dentro. Conozco esa aldea como la palma de mi mano, incluso sé cómo introducirme en ella sin ser visto. Tengo mi propia entrada secreta.

–Permaneceré aquí día y noche, sin moverme, hasta que regreses. Si ocurriese algo inesperado, no olvides utilizar la llamada del pájaro de la miel tres veces seguidas, tal como acordamos. Entonces intentaremos sacarte de ahí como sea.

–Confío en que no sea necesario.

Con el *biyambá-yambá* colgado al cuello y completamente desarmado, el joven pigmeo apartó las ramas que le ocultaban y se deslizó entre los troncos sueltos de la empalizada. En el exterior, escondidos en la espesura, Muswambu y los demás pigmeos contenían la respiración.

Eso era lo único que podían hacer por el momento.

Apenas se encontró al otro lado de la empalizada, Kabindji percibió con más intensidad aún la atmósfera de confusión que reinaba en el poblado, y comprendió que se habían producido muchos cambios. Se hallaba justo detrás de la choza que durante años había compartido con Tswama, su madre adoptiva. Impulsado por la fuerza de la costumbre, estuvo a punto de entrar en su antigua vivienda, de ocultarse en el lugar que había sido su único refugio durante tantos años, pero el sonido de unas voces desconocidas que procedían de su interior le hizo comprender que la vivienda ya estaba ocupada.

Se dispuso a proseguir con el plan que él mismo se había trazado. Ahora que se encontraba dentro del poblado, necesitaba ayuda. El muchacho tenía sus dudas acerca de quién sería la persona más adecuada para revelarle su presencia. Mutembo parecía digno de confianza, y también estaban Kysanto y Busama. Al final se decidió por su tío. Muy despacio y con todos los sentidos alerta, abandonó la precaria seguridad de su escondrijo y se adentró por el intrincado laberinto de callejuelas, entre las chozas. Caminaba pegado a las paredes, siempre por el lado opuesto a las puertas de entrada. Era imprescindible evitar cualquier tipo de encuentro, pues, a aquellas alturas, los guerreros supervivientes ya habrían contado su historia, implicándole en la muerte de Likongá. Si era descubierto por alguno de los que tanto odiaban a los botshuá, estaría perdido. Afortunadamente, había poca gente deambulando por las calles. Todo el mundo parecía haberse concentrado en la plaza central. Quizá Nsomo había convocado una de sus asambleas. Decidió acercarse con cautela para ver de qué se trataba. Al fin y al cabo, la choza de su tío se encontraba en la misma dirección, muy próxima a la plaza. Por otra parte, si había asamblea, tampoco encontraría a Kysanto en su vivienda hasta que la ceremonia concluyese.

Desde la parte trasera de la choza de su tío se divisaba perfectamente el centro de la plaza. Tal como había pensado, casi la totalidad de los habitantes del poblado se hallaba allí congregada. Kabindji se ocultó en un hueco entre el grueso tronco de una palmera y la rojiza pared de adobe de la casa de Kysanto. La voz de Nsomo llegaba con claridad a sus oídos, poderosa, autoritaria, airada:

–... Son todos enemigos de nuestra raza. ¡Nuestros enemigos! Y ella se ha unido a ellos, y aún ahora los defiende y los disculpa. Bwanya disculpa a los miserables que, cobardemente y por la espalda, asesinaron a Likongá, mi hijo... Esta mujer no se ha contentado con traicionar a su pueblo, a su propia raza, a todos sus hermanos... No; ha ido mucho más lejos. Ha contribuido a la muerte de su prometido, ha vuelto su mano asesina contra su futuro esposo...

La muchedumbre acogió en silencio las palabras de su jefe. Tras unos instantes de dramático mutismo, Nsomo prosiguió:

–Los botshuá van a pagar muy cara esa terrible ofensa contra nuestro pueblo. Juro por *Nzeneneké,* el poderoso espíritu de la espesura, que exterminaré hasta el último pigmeo que se atreva a permanecer a menos de veinte jornadas de marcha de aquí. Nuestros guerreros caminarán victoriosos a través de sus aldeas, y los pies de los bowassi pisotearán los cuerpos sin vida de esas alimañas. No tendremos piedad de sus ancianos, ni de sus mujeres, ni siquiera de sus niños. Nuestro grito de guerra volverá a hacer temblar hasta las raíces más profundas de los grandes árboles de la selva... En cuanto a esa traidora, he decidido que sea sacrificada. Así, su sangre servirá al menos para apaciguar los ánimos de *Nzeneneké,* a fin de que éste nos apoye en la gloriosa tarea que nos aguarda...

Kabindji se estremeció en su escondite al escuchar aquellas palabras. Sus peores temores se habían hecho realidad, y ni siquiera su tío Kysanto o el bravo Mutembo parecían dispuestos a plantar cara al abominable cacique. Le iba a resultar muy difícil rescatar a Bwanya en aquellas circunstancias, pues seguramente estaría bien custodiada. Lo primero que tenía que hacer era averiguar dónde la tenían prisionera...

Los pensamientos del muchacho se vieron interrumpidos por el repentino contacto de una mano que acababa de posarse sobre su hombro desnudo.

Espantado, Kabindji dio un brinco.

Capítulo decimonoveno

Encuentros

A pesar de encontrarse muy asustado, Kabindji se volvió dispuesto a todo. Las palabras que el jefe había pronunciado condenando a muerte a la mujer que amaba acababan de encender su odio y, pese a no llevar armas, el muchacho se dispuso a defenderse con la furia de un leopardo herido. Sin embargo, tuvo que reprimir su ímpetu al reconocer a la persona que estaba junto a él.

–¡Busama! –exclamó–. Me has dado un susto de muerte.

La mujer le abrazó con cariño, y el joven sintió sobre la piel de su rostro las húmedas lágrimas que brotaban de los ojos de la segunda de las tres esposas de Kysanto.

–¡Estás completamente loco! –le regañó Busama con dulzura–. Tu vida aquí no vale nada. Nsomo os ha acusado a ti y al resto de los pigmeos de ser responsables de la más infame provocación contra el pueblo bowassi. El cadáver de Likongá ha sido exhibido en público, y todos han podido comprobar que el cuerpo tenía una herida de flecha en la espalda, prueba de que fue atacado a traición. Nsomo ha jurado que semejante agravio será castigado con la muerte.

–Ya lo sé. He podido escuchar parte de su discurso, aunque nadie ha dicho cómo sucedió de verdad: Likongá estaba a punto de matarme a sangre fría cuando Muswambu, un viejo pigmeo, tuvo que dispararle una flecha para salvarme la vida en el último momento; Lisangu, Mpundu y algunos otros fueron testigos. En cuanto a Bwanya, ella ni siquiera estaba presente, porque el propio Likongá la había enviado de vuelta al poblado antes de nuestro encuentro. Todo lo que dicen es falso.

–Yo te creo, Kabi, pero eso de nada sirve. Ven, te ocultaré en la choza de mi prima Nukufa, en la que confío plenamente.

–No. He venido aquí para hablar con Kysanto. Si deseara ocultarme, me habría quedado en la selva, donde estaba más seguro. Tengo cosas importantes que hacer, como sacar a Bwanya del poblado antes de la ejecución.

La buena mujer sacudió la cabeza con incredulidad.

–Te repito que estás loco. ¿Piensas burlar tú solo a toda la guardia de Nsomo?

–No estoy solo.

Kabindji le contó la verdad a la que fue la mejor amiga de su madre, una mujer de toda confianza. Además, formaba parte de su plan poner al corriente de la situación a todas aquellas personas del poblado susceptibles de ayudarle. Así que le habló de la noche en que sorprendieron a Nsomo en mitad de su abominable ritual prohibido. También le dijo que sabía que Mutembo y otros muchos se oponían a que los bowassi volvieran a sucumbir a la locura de antaño. Cuando acabó su narración, Busama se quedó callada y pensativa. Su rostro reflejaba una profunda inquietud cuando finalmente dijo:

–Lo que me cuentas no hace sino confirmar algo que ya temía: mis peores pesadillas se están haciendo realidad. El horror del pasado ha vuelto a instalarse entre nosotros, y seguirá aquí mientras quede alguien tan estúpido como para dejarse deslumbrar por la engañosa seducción de ese culto maldito.

–Insisto en hablar con mi tío Kysanto. Él es una persona sensata; comprenderá la situación y nos ayudará.

–Será mejor que te quedes aquí escondido mientras yo voy a buscar ayuda.

Al poco tiempo, Busama regresó acompañada por el fornido Mutembo. El guerrero traía el ceño fruncido y parecía muy inquieto.

–¿Dónde está mi tío? –quiso averiguar Kabindji.

–No puedo decir que me alegre de verte –le interrumpió Mutembo, malhumorado–. La verdad es que no has podido escoger peor momento para aparecer por aquí. Tu presencia compromete todos nuestros planes.

–Confío en que la liberación de Bwanya forme parte de ellos –respondió agriamente el joven pigmeo.

Mutembo sacudió la cabeza, incómodo, antes de responder:

–Desgraciadamente, no. No podemos permitir que la vida de una sola persona eche por tierra la salvación de otras muchas. Tenemos planeado aprovechar la ceremonia del sacrificio para dar nuestro golpe y acabar con Nsomo. Tratar de salvar a la muchacha entorpecería la operación.

–¡Y pretendéis ser mejores que ellos! –exclamó Kabindji haciendo un mohín de asco–. Yo me encargaré de rescatar a Bwanya.

–¿Tú? Apenas asomes la cabeza de tu escondite caerán sobre ti todos los guerreros del poblado. No tienes ninguna posibilidad.

–Cuento con ayuda. No he venido solo.

–¿Cómo dices?

–Hay un ejército botshuá rodeando el poblado. Sólo necesitan una señal mía para intervenir.

El rostro de Mutembo se distendió en una relajada sonrisa.

–Te había subestimado, amigo Kabi. Esos compañeros tuyos de ahí fuera mejoran la situación. Tal vez podamos rescatar a la chica, después de todo. ¿Cuántos hombres tienes?

Kabindji vaciló un instante. Confiaba en Mutembo, pero le parecía peligroso que un bowassi conociera la verdadera magnitud de sus efectivos. A pesar de todo, decidió arriesgarse diciendo la verdad:

–Treinta y un guerreros, contando al viejo Muswambu.

–Muy pocos para derrotar a los hombres de Nsomo –observó Mutembo torciendo el gesto–. Con un ejército tan reducido es preferible evitar cualquier enfrentamiento. Tenemos que buscar otra salida. La ejecución de la muchacha será pasado mañana, al amanecer. Para entonces, debemos tener algo preparado. Mientras tanto, habrás de permanecer en la selva, junto a tus amigos.

–Está bien, pero insisto en hablar con Kysanto antes de marcharme.

Mutembo y Busama intercambiaron una fugaz mirada.

–Tu tío está muy ocupado asistiendo a los discursos del jefe –dijo Busama–. Es muy peligroso que permanezcas aquí por más tiempo, así que no te preocupes; déjalo todo en nuestras manos.

–¿Quién manda las tropas botshuá? –preguntó Mutembo.

–Yo –respondió Kabindji.

–Eso está bien. Entonces será necesario que tú y yo hablemos para ultimar los detalles –añadió el bowassi–. Te veré mañana, a la puesta del sol, en el mismo lugar donde te enfrentaste con el leopardo.

Kabindji asintió con un leve movimiento de cabeza. Mutembo, por su parte, se alejó con paso rápido y desapareció entre las chozas.

Capítulo vigésimo

El sacrificio

EL poblado presentaba una actividad inusual a aquellas horas de la madrugada, con multitud de antorchas y fogatas desgarrando la oscuridad de la selva. No es que los bowassi hubiesen madrugado más de lo habitual; sencillamente, ni siquiera se habían acostado. La expresión grave que se apreciaba en la mayoría de los rostros les otorgaba la apariencia de trágicas máscaras talladas en pulida madera de ébano. Todos parecían muy atareados, aunque sus ocupaciones eran variadas y obedecían a distintos motivos. Los partidarios de Nsomo se afanaban en los preparativos de la ceremonia del sacrificio, que había sido cuidadosamente organizada para ofrecer al pueblo una fiesta tan espectacular como cruel: en el centro de la plaza, los grandes tambores se hallaban alineados en un lugar estratégico, listos para hacer vibrar el aire con su grave retumbar. Junto a ellos, un enorme montón de leña apilada con esmero aguardaba la antorcha que la haría arder, convertida en esa gigantesca fogata que Nsomo necesitaba para invocar a la divinidad de la espesura. Una gran cantidad de calabazas llenas de *lotoko,* el aromático aguardiente de palma, se amontonaban en espera de ser vaciadas por los asistentes al espectáculo. Al lado de la pila de leña se encontraban los utensilios necesarios para el sacrificio: un machete de hoja corta y muy afilada junto a un enorme balde de arcilla, este último destinado a recibir la cálida sangre de la víctima. Una sangre que sería ofrendada a *Nzeneneké* por el brujo-jefe.

La ceremonia debía comenzar en el preciso instante en que los primeros rayos de sol bañasen el calvero donde se alzaba el poblado. A la luz de las antorchas, todos fueron ocupando poco a poco sus puestos: los músicos se instalaron frente a los tambores y comenzaron a golpearlos con suavidad, arrancando de las tensas pieles un rumor lento y pausado. Vestidos con las galas ceremoniales, los guerreros de mayor rango se colocaron en círculo alrededor de la tarima desde la cual Nsomo y los miembros del consejo de ancianos presidirían el acto. El resto de los habitantes de la aldea se situaron en sus puestos habituales. Como siempre, los jefes llegaron en último lugar, sentándose con gran pompa sobre sus altas sillas ante la expectación general.

La mañana del sacrificio se presentaba particularmente húmeda y brumosa. Parecía como si el sol, consciente de los acontecimientos que su aparición iba a desencadenar, hubiese decidido remolonear detrás del horizonte, sin permitir que sus rayos alumbrasen de lleno aquel perdido rincón de la selva africana. El compás de los tambores se fue acelerando y subió de volumen hasta que su cadencia se adueñó de la mente y de los sentidos de todos los presentes, cuyos cuerpos se cimbreaban al ritmo de su sonido. Las calabazas de *lotoko* corrían de mano en mano, mientras una densa columna de humo se elevaba desde la enorme pira que ardía en el centro de la plaza hasta perderse muy alto en el cielo, entre las brumas del amanecer. De repente callaron los tambores y un ominoso silencio se apoderó de todo el poblado bowassi. Nsomo se levantó de su trono y permaneció quieto como una estatua durante unos segundos. Luego, con paso lento y pomposo se acercó a la fogata, deteniéndose junto a ella. Los reflejos de las llamas danzaban sobre la piel sudorosa y brillante del jefe, y desde lejos producían la ilusión de que su musculoso cuerpo también estaba ardiendo. Con gesto majestuoso alzó los brazos al cielo y lanzó una orden escueta:

–¡Traedla!

Dos fornidos y obedientes guerreros arrastraron a Bwanya hasta el centro de la plaza, junto al brujo-jefe. La muchacha caminaba sumisa entre sus guardianes, sin que pareciera darse cuenta de su terrible destino. La expresión adormilada de su semblante y la mirada perdida de sus ojos semicerrados indicaban que probablemente había sido drogada con alguna pócima. Sujetándola cada uno por un brazo, los guerreros se colocaron frente a Nsomo y obligaron a Bwanya a ponerse de rodillas. Sin pronunciar palabra, el brujo extendió la mano y empuñó el afilado machete ceremonial. Luego comenzó a recitar una larga serie de conjuros en una lengua antigua que nadie entendía. Un murmullo de perplejidad recorrió la multitud al comprobar que algo extraño sucedía en el humo, que se tornó negro y comenzó a agitarse y arremolinarse de forma inexplicable. Con sus contorsiones, la humareda parecía responder a cada una de las invocaciones del brujo, como si el sonido de su voz fuera capaz de moldearla, y más de uno creyó ver un rostro inhumano que aparecía flotando entre las negras espirales. Cuando una voz cavernosa y gutural se dejó oír por encima del crepitar de las llamas, nadie sabía si era Nsomo o el propio *Nzeneneké* quien hablaba:

–Ahora, la sangre de esta mujer ha de ser derramada –tronó la voz–. Sin embargo, esa sangre que manará de las venas de esta traidora sólo podrá saciar una pequeña parte de la tremenda sed de venganza que, en estos momentos, sienten todos los bowassi. Por eso, debe ser ofrendada al gran *Nzeneneké,* el poderoso espíritu del bosque, para que ayude a este pueblo en la dura lucha que le aguarda.

Nsomo colocó una de sus recias manos sobre la nuca de Bwanya y la empujó hacia delante hasta situar su cuello encima del balde de arcilla. Con la otra mano alzó la afilada hoja, dispuesto a descargar el tajo certero y mortal..., pero el movimiento se detuvo a mitad de camino. Una nueva voz, grave y poderosa, se había alzado entre la multitud para gritar:

–¡Deténte, Nsomo! Ninguna sangre inocente volverá a ser derramada en nuestro pueblo. No habrá ya más muertes en nombre de esa abominación a la que tú rindes culto.

Con el filo del machete suspendido a escasos centímetros de la garganta de la muchacha, el brujo miró a su alrededor con los ojos desorbitados por la cólera. Su mirada furibunda buscaba al loco que había osado provocar aquella perturbación.

–*¡Makilá mabé!*[17] –gruñó–. ¿Quién se atreve a interrumpir la sagrada ceremonia del sacrificio?

Un fornido guerrero se adelantó hasta plantarse a escasos centímetros del atónito jefe.

–¡Yo! –respondió enérgico.

–¡Mutembo!

---

[17] *¡Makilá mabé!:* expresión de enojo que literalmente significa «mala sangre».

–Como guerrero bowassi cuya conducta y valor intachables conocéis todos, invoco la ley ancestral y exijo mi derecho al *mobuni,* el combate ritual por la jefatura.

La reacción de Nsomo dejó a todos aún más perplejos. En lugar de estallar de rabia, el brujo-jefe prorrumpió en sonoras carcajadas.

La risa del jefe se propagó por encima de las cabezas de la enmudecida muchedumbre hasta más allá de la empalizada del poblado. Así llegó a los oídos de Kabindji y Muswambu, que se miraron con extrañeza en su escondite de la espesura. Era una risa interminable y alegre que provocó alguna que otra involuntaria risotada entre los pigmeos, que, a pesar de la gravedad de la situación, se vieron incapaces de reprimir la contagiosa hilaridad del jefe de los bowassi. En el interior del poblado, la multitud también reía. Incluso el propio Mutembo había cambiado su expresión desafiante por una leve sonrisa.

–¡El *mobuni!* –exclamó al fin Nsomo, enjugándose las lágrimas que corrían por sus mejillas–. Tal vez ignoras que, en toda la historia de nuestro poblado, sólo un hombre fue capaz de hacerse con el poder mediante el *mobuni.* Y ese hombre fui yo. Con apenas dieciocho años y las manos desnudas, vencí y eliminé al formidable Kwalongo, el antiguo jefe, a pesar de que él estaba armado con su lanza de combate.

–Todo el mundo sabe eso.

–Entonces también recordarás las reglas de esa misma ley ancestral que has mencionado: el aspirante debe luchar con las manos desnudas, mientras que el jefe puede escoger el arma que desee... Reconozco que eres fuerte, Mutembo, pero te aviso de que yo lo soy aún más. ¿Sigues insistiendo en tu absurda pretensión?

–Así es –afirmó Mutembo sin pestañear.

–Entonces, el *mobuni* tendrá lugar –concedió con gesto de desdén–. Dicen que todo buen jefe debe enfrentarse al menos a un *mobuni* durante su reinado. Servirá para amenizar aún más este día de fiesta, y cuando acabe contigo, tu cabeza adornará la punta de mi lanza. Empezaremos en cuanto consume el sacrificio.

Nsomo volvió a alzar el cuchillo sobre el cuello de Bwanya, pero el vigoroso brazo de Mutembo salió disparado como un resorte y su nervuda mano inmovilizó la muñeca del jefe.

–Será *antes* del sacrificio –silbó el guerrero–, porque el motivo de mi *mobuni* es precisamente ése: evitar estas atrocidades.

–¡Sea, entonces!

Con un movimiento inesperado, Nsomo se retorció como una serpiente y, girando sobre sí mismo, propinó una fuerte patada en el estómago a su sorprendido adversario, obligándole a soltar su brazo. En un instante, ambos contendientes rodaron por el suelo, apartándose del lugar del sacrificio en medio de una densa nube de polvo. A una señal del consejero Mboka, los tambores reiniciaron su sincopado retumbar, y un murmullo de expectación brotó de los labios de los espectadores. Pronto se escucharon las voces de los partidarios de uno y otro bando, que comenzaron a arengar a los luchadores con gritos de ánimo o insultos hacia su adversario. Mientras tanto, en el suelo, Nsomo blandía peligrosamente el machete del sacrificio a escasos centímetros del cuello de Mutembo.

–¡Mírala bien! –resoplaba–. Ésta es mi arma, y con ella te voy a enviar a reunirte con tus antepasados.

Capítulo vigésimo primero

El *mobuni*

EL inicio del combate ritual entre el aspirante Mutembo y el jefe Nsomo era la señal acordada para que los guerreros leales a Mutembo comenzasen a actuar: fingiendo simple curiosidad por el desarrollo del *mobuni,* fueron situándose poco a poco en lugares estratégicos. Algunos llevaban a mano sus armas, dispuestas para una posible intervención, y así fueron formando un cordón de seguridad en torno a los combatientes.

Pese a la atención que requería su propia lucha, Nsomo notó que algo anormal ocurría a su alrededor. Una vez más, el avezado instinto del brujo-jefe le avisaba de un peligro que sus sentidos apenas podían percibir. El hecho de que los guerreros se arremolinasen alrededor de los luchadores no tenía en sí nada de extraordinario; lo anómalo era que todos los hombres situados en primera fila fueran leales a Mutembo. La naturaleza de la amenaza era, pues, tan sutil que el propio Nsomo tardó varios segundos en comprenderla.

Y cuando finalmente lo hizo, la sorpresa le hizo perder la concentración durante apenas una fracción de segundo.

Suficiente para que Mutembo la aprovechase.

Deslizando el brazo por debajo del cuerpo de su adversario, el aspirante consiguió apresar con sus fuertes dedos la mano que mantenía la afilada hoja junto a su yugular. Milímetro a milímetro, los poderosos músculos de Mutembo lograron apartar el mortal acero de su propia carne y aproximarlo al cuello de su adversario. Ante el inesperado giro que tomaba el combate, la expresión de triunfo que hasta entonces exhibía el rostro de Nsomo se desvaneció, dejando paso a un gesto de sorpresa y de rabia. Abrió la boca y de su garganta brotaron unas extrañas palabras que Mutembo no logró entender, aunque no iban dirigidas a él. Y entonces sucedió algo sorprendente: la densa humareda que surgía de la hoguera, impulsada por lo que parecía un soplo maligno, se abatió sobre ambos luchadores envolviéndolos en una nube oscura y asfixiante.

Mutembo sintió cómo el humo caliente y espeso penetraba en sus pulmones dificultando su respiración. Al picor que invadía su garganta pronto se sumó un fuerte escozor en los ojos, y las lágrimas nublaron su vista. En medio de toses y lagrimeos, el aspirante notó que sus músculos se aflojaban y que la presa que había logrado practicar sobre su adversario se debilitaba, mientras que a Nsomo, sin embargo, el humo no parecía afectarle lo más mínimo.

Mutembo perdía terreno.

En el mismo momento en que el aspirante sintió sobre su cuello la fría caricia del acero, Nsomo lanzó una histérica carcajada de triunfo.

Obedeciendo al plan trazado por Mutembo, sus guerreros prosiguieron el organizado despliegue. Algunos se encontraban ya apostados con sus armas en torno a la empalizada, con el fin de evitar una desbandada general de los partidarios de Nsomo, en caso de que éste perdiera el *mobuni*. A pesar de todo, la atención general seguía centrada en la lucha que se desarrollaba en la plaza. Por ello nadie prestó atención a la menuda silueta que se deslizaba entre dos palos sueltos de la empalizada.

Kabindji estaba de nuevo en el poblado.

Esta vez no perdió el tiempo tratando de ocultarse. En lugar de ello, corrió derecho hacia el escenario de la ceremonia. En su mente se mezclaban emociones e inquietudes que no lograba dominar. Deseaba poder realizar varias cosas a un tiempo: ayudar a Mutembo, hablar con su tío, evitar un derramamiento de sangre...; pero, ante todo, una idea obsesiva predominaba sobre las demás y guiaba sus pasos: debía rescatar a Bwanya.

Veloz como un rayo, Kabindji sorteó todos los obstáculos que encontró a su paso y se plantó en el escenario del sacrificio. La muchacha seguía allí, dócilmente arrodillada y reclinada sobre el infame cuenco destinado a recoger su sangre, tal como la había dejado Nsomo antes de enzarzarse en su combate con Mutembo. Kabindji se precipitó hacia ella con ánimo de ayudarla a ponerse en pie, pero una inesperada sensación de calor sobre la piel de su pecho le obligó a prestar atención a la piedra que llevaba colgada del cuello: el *biyambá-yambá* refulgía con un latente brillo azulado.

El talismán continuaba aumentando su temperatura, hasta el punto de producirle una desagradable sensación de quemazón. Kabindji estuvo a punto de quitárselo y arrojarlo lejos de sí..., pero se contuvo: algo le decía que debía conservar la piedra junto a su corazón. En un instante, un fenómeno sorprendente se desató a su alrededor. Se trataba de un inesperado vendaval que comenzaba a soplar a través de las calles del poblado, levantando espesas nubes de polvo y arrastrando algunos objetos livianos. El viento parecía aullar a lo largo de todas las callejuelas de la aldea, para converger al fin en el centro de la plaza, donde se formó un violento torbellino que comenzó a disolver la humareda invocada por el brujo. Presa del terror y la confusión, la muchedumbre huía ante aquella nueva manifestación de unos poderes incomprensibles que luchaban entre sí. Al final, sin dejar de retorcerse como un animal enfurecido, la nube de humo que envolvía a ambos luchadores pronto se vio arrastrada, barrida sin contemplaciones hacia el interior de la selva.

Mutembo sacudió la cabeza y empezó a recobrar poco a poco el aliento y la visión. Sentía correr sobre su piel el cálido goteo de su propia sangre, que manaba de un corte producido por el machete de su adversario, pese a lo cual sus fuerzas se recuperaban rápidamente. Con renovada energía, el aspirante empujó aquella hoja que pretendía arrebatarle la vida. Los poderosos músculos de ambos hombres resaltaban bajo sus pieles recubiertas por una mezcla de sudor y polvo. Milímetro a milímetro, el machete se fue apartando del cuello de Mutembo y comenzó un lento aunque inexorable trayecto hacia su contrincante.

Al comprobar que no podía hacer nada para cambiar la situación, el rostro de Nsomo se arrugó hasta quedar convertido en una retorcida máscara de pánico. Comprendió que estaba asistiendo a un episodio que ya le era familiar...

Salvo que en esta ocasión era él quien estaba perdiendo el *mobuni*.

El brujo-jefe lanzó un alarido escalofriante que poco a poco se fue transformando en un estertor a medida que la hoja de metal se hundía en su garganta.

Presa de un involuntario temblor, Bwanya se estremecía entre los brazos de Kabindji. La mirada desenfocada de sus pupilas dilatadas evidenciaba aún los efectos del poderoso narcótico que le habían administrado. Ella no parecía darse cuenta de lo cerca que había estado de morir sacrificada por la mano del brujo, y Kabindji pensó que era mejor así. La abrazó con fuerza sin dejar de prestar atención a la evolución del combate entre Mutembo y Nsomo, que continuaban revolcándose en el suelo enzarzados en su *mobuni*. Aunque le hubiese gustado poder ayudar a su amigo en aquella lucha, sabía que no debía hacerlo: las normas sagradas del *mobuni* lo prohibían, y el propio Mutembo jamás le hubiese perdonado una intervención a su favor.

Los pocos bowassi que aún no habían corrido a ocultarse en el interior de sus chamizos ante la demostración de poder del *biyambá-yambá*, permanecían atentos al desenlace de la pelea que decidiría quién iba a ser su próximo jefe, y el joven pigmeo comprendió que debía aprovechar aquella distracción. Tenía que darse prisa en sacar a la muchacha del poblado y alejarse con ella antes de que fuera demasiado tarde. Sin pensárselo dos veces, tomó a Bwanya por la cintura y la condujo lo más rápidamente que pudo hacia el lugar donde se encontraba su entrada secreta.

Mas no llegaron muy lejos.

Tres figuras surgieron tras un chamizo y se interpusieron en el camino de ambos jóvenes, obligándoles a detenerse. Flanqueado por dos fornidos guerreros y vestido con su imponente túnica de consejero, un hombre de porte altivo y majestuoso sonreía de modo enigmático ante el desconcierto de la joven pareja.

En el momento más inesperado, Kabindji había encontrado a su tío Kysanto.

Capítulo vigésimo segundo

El jefe

—¡Yo tenía planes! –vociferaba Kysanto fuera de sí–. De hecho, lo tenía todo controlado hasta que apareció ese insensato de Mutembo con su estúpida pretensión de retar a Nsomo al *mobuni*. ¡Y después, para colmo de males, apareces tú! ¿Por qué? ¿Acaso no te bastaba con haber dado muerte a Likongá? ¿No tenías bastante con eliminar al auténtico sucesor de Nsomo?

Bwanya y Kabindji se hallaban tendidos en el suelo en el interior del chamizo de Kysanto, ambos maniatados y con las lanzas de los guerreros apoyadas en el cuello. En vista de la tensa situación, las tres esposas del consejero optaron por abandonar precipitadamente la vivienda. La última en hacerlo fue Busama, que dedicó a Kabindji una breve mirada justo antes de desaparecer; aunque los ojos de la mujer reflejaban una honda preocupación, el joven botshuá creyó percibir en ellos un leve guiño de complicidad.

–¿Por qué matar al hijo de Nsomo? –prosiguió indignado Kysanto–. ¿A qué venía una provocación tan desmesurada?

–La muerte de Likongá fue por su propia culpa –trató de explicar Kabindji.

La conversación se vio interrumpida por la repentina aparición de otros dos bowassi visiblemente nerviosos.

–¡Mutembo ha vencido en el *mobuni!* –resopló uno de ellos–. Nsomo ha muerto, y ahora Mutembo es el jefe. De hecho, ya ha empezado a actuar: acaba de permitir la entrada en nuestro poblado a una horda de guerreros botshuá, que están ayudando a sus hombres a controlar la situación. Estamos perdidos...

–¡Maldición! –Kysanto pateó el suelo con fuerza, y la huella de su talón desnudo quedó marcada en la tierra apisonada–. Esos canallas lo tenían todo preparado... ¡Lisangu, sal en busca de Mpundu! Es posible que os necesitemos si las cosas se tuercen aún más. Mientras tanto, yo intentaré dialogar con ese imbécil de Mutembo. Tengo que persuadirle de que le conviene ponerse de nuestro lado...

–¿Hablar con Mutembo? –se asombró Lisangu–. Sabes que forma parte del grupo que se opone al culto a *Nzeneneké*. Lo mejor que podemos hacer es matarlo. Ahora es un buen momento, pues está agotado por la lucha...

–¡No digas sandeces! No podemos matarlo ahora, en pleno día y a la vista de todos. Eso se hará más adelante. Por otra parte, no creo que a mí me relacionen con ese culto. Siempre he tenido mucho cuidado en no mezclarme con esas cosas. De hecho, lo que a mí me interesa es...

El consejero había enmudecido de repente. Tenía la boca abierta y la mirada fija en la piedra que Kabindji llevaba colgada al cuello.

–¡Lo tienes! –exclamó con incredulidad–. ¡Tienes el *biyambá-yambá!*

Kabindji se encogió sobre sí mismo en un vano intento por ocultar el talismán, pero las ávidas manos de Kysanto ya se habían apropiado del objeto.

–Con esta piedra en mi poder, todos me escucharán. Hasta es posible que los mismos pigmeos me respeten. Voy a negociar con el nuevo jefe.

Kysanto se colocó el talismán y se dirigió a la puerta. Justo antes de abandonar la estancia, se volvió hacia sus hombres y añadió:

–En cuanto a estos dos..., sólo son un estorbo. Matadlos y llevaos los cuerpos lejos de aquí.

Kabindji miraba con incredulidad el umbral por donde acababa dc desaparecer el hermano de su madre adoptiva, incapaz de creer las palabras que éste acababa de pronunciar. Hizo un esfuerzo por ponerse en pie, aunque las fuertes ligaduras que atenazaban sus muñecas y sus tobillos se lo impidieron. Se volvió hacia Bwanya y leyó en el brillo de sus pupilas que la razón había regresado a su mente. Pasado el efecto de la droga que le habían suministrado, el rostro de la muchacha expresaba ahora una angustia idéntica a la de él ante el inminente fin que se acercaba. Kabindji se consoló pensando que morirían juntos. Sin decir palabra, los guerreros alzaron sus lanzas para descargar el golpe mortal que acabaría con la vida de la joven pareja.

Ninguno de los dos cerró los ojos. Prefirieron aguardar la llegada de la muerte mirándola cara a cara.

Pero la muerte no llegó.

En su lugar se escucharon ruidos de lucha y un fuerte griterío procedente del exterior. Un instante después entraron varios guerreros armados. Mutembo estaba al frente de ellos.

–Menos mal que nos han avisado a tiempo... –dijo al comprobar que ambos jóvenes aún seguían con vida.

En vista de su inferioridad numérica, los hombres de Kysanto se rindieron sin ofrecer resistencia y depositaron sus armas a los pies del vencedor.

El nuevo jefe de los bowassi aún no vestía las pieles y adornos propios de su cargo, pero de la mirada severa de sus grandes ojos oscuros emanaba una autoridad indiscutible que todos podían percibir. La dureza del *mobuni* había dejado su impronta en su castigado cuerpo: aparte de varios arañazos y magulladuras, tenía un profundo corte en el cuello. Su cuerpo aparecía cubierto de abundante sangre semicoagulada, aunque no toda era suya. Al ver aquello, Kabindji se estremeció al comprender lo poco que había faltado para que Nsomo volviese a ganar el *mobuni*.

Por detrás de Mutembo apareció otra figura mucho más menuda y frágil.

–¡Muswambu! –exclamó alegremente Bwanya al reconocer al recién llegado.

Los machetes cortaron en un instante las ligaduras de ambos jóvenes, que se pusieron en pie y se abrazaron. Luego abrazaron también al viejo Muswambu, cuyos ojos se humedecieron de emoción. Mutembo, sin embargo, se mantuvo al margen de tales efusiones. Cuando habló, lo hizo con toda la gravedad que las circunstancias y su nuevo rango exigían:

–La mayoría de los partidarios de Nsomo ya han sido apresados y serán juzgados por el nuevo consejo. En cuanto a ti, Kabindji, hay algo que debes saber: el jefe que mandaba a los guerreros que asesinaron a tus padres no era otro que tu tío Kysanto.

–Acabo de verle y le he reconocido –corroboró Muswambu–. Han transcurrido muchos años desde entonces, pero su rostro quedó grabado de tal forma en mi memoria que no hay duda posible: se trata del mismo individuo que asesinó a tu madre.

Kabindji sintió un terrible vacío en la boca del estómago. Apenas podía creer lo que oía, aunque después de haber escuchado su propia sentencia de muerte de labios de aquel hombre, comprendió que todo eso era posible.

En ese momento apareció uno de los lugartenientes de Mutembo y le cuchicheó algo al oído.

–Me traen malas noticias –anunció el nuevo jefe poniéndose en movimiento hacia la salida–. Por desgracia, parece ser que el consejero Kysanto ha logrado huir.

–¿Cómo es posible? –preguntó Kabindji.

Con un gesto elocuente, Mutembo trasladó la pregunta al recién llegado, que esta vez habló en voz alta:

–Busama, una de sus mujeres, le ha ayudado a escapar. Ya la hemos apresado para que reciba su castigo...

–No es necesario –interrumpió Mutembo–. Podéis dejarla en libertad.

–¿En libertad? Pero ella...

–Ella fue quien me alertó del peligro que corrían Bwanya y Kabindji, y con eso les salvó la vida. La conozco bien: es una buena mujer que sin duda se vio en la necesidad de traicionar a su marido para proteger a los chicos, pero también le debía lealtad a su esposo. Intentó ser fiel a todos los seres a los que amaba, y no seré yo quien la juzgue por eso. Lo único importante ahora es capturar al consejero. Afortunadamente, es viejo y no creo que pueda llegar muy lejos, así que enviaremos una partida de guerreros tras su pista.

–Yo..., yo también quisiera ir en su busca –manifestó Kabindji.

–Desde luego, puedes hacerlo si así lo deseas –concedió el nuevo jefe.

Varios grupos se diseminaron para perseguir al fugitivo, y su primera sorpresa fue comprobar que el rastro de Kysanto era casi inexistente. Al parecer, el anciano se había molestado en ocultar cuidadosamente sus huellas, aunque no lo suficiente como para que escaparan a los aguzados sentidos de Kabindji. El joven pigmeo no tardó en adelantarse al resto de los guerreros y se adentró en solitario en la espesa selva que se extendía hacia el norte. El camino escogido por Kysanto parecía confirmar los peores temores de Mutembo: el viejo consejero intentaba llegar hasta los poblados bowassi que en otro tiempo le habían prestado apoyo en su cruzada contra los pigmeos. También para Kabindji resultaban claras las intenciones de su tío, que sin duda intentaría reagrupar a los jefes del norte para regresar con ellos y derrocar a Mutembo. Después, era probable que soliviantara los ánimos de los bowassi para perseguir a los pigmeos del este y exterminarlos también. Ésa había sido la obsesión de aquel hombre durante toda su vida.

Kabindji corría todo lo rápido que le permitía el seguimiento de la pista del fugitivo. Era preciso alcanzarle antes de que pudiera tomar contacto con los jefes del norte. Aunque astuto y peligroso como una alimaña acorralada, Kysanto era ahora un simple anciano perseguido y acosado que vagaba en medio de la selva.

Mientras corría en pos del hermano de su madre adoptiva, lo que más preocupaba a Kabindji era decidir lo que haría si lograba alcanzarlo. Aún no estaba seguro de poder enfrentarse con aquel hombre a quien había considerado durante toda su vida como un ejemplo de valentía, rectitud y sabiduría. ¿Se atrevería a luchar contra él? Incluso después de conocer las atrocidades que había cometido, ¿podría llegar a matarle, si fuera necesario? Ahora sabía que tras su máscara de honorabilidad se ocultaba un ser diabólico y mezquino, un monstruo capaz de degollar con sus propias manos a personas indefensas, un sádico obsesionado con el exterminio de todas las tribus y razas que, según su enfermizo entender, amenazaban la grandeza de su pueblo... Kabindji sacudía la cabeza y suspiraba angustiado.

Las huellas del anciano eran cada vez más visibles. Resultaba obvio que ya no consideraba necesario ocultarlas, o tal vez tenía demasiada prisa como para perder el tiempo en esas cosas. El viejo estaba cada vez más cerca; Kabindji podía presentirlo: a veces le parecía adivinar, a lo lejos, la suave ondulación de la maleza abriéndose a su paso. Su fino olfato ya recibía fugaces efluvios de un cuerpo cansado y sudoroso. También sus oídos percibían el jadeo de su respiración.

Al llegar a un claro, lo divisó al fin.

Se encontraba allí, ante él, apenas a cien metros de distancia. Avanzaba con paso desgarbado y trabajoso, sin mirar atrás. El consejero estaba medio desnudo, y era la primera vez que Kabindji lo veía en ese estado. Despojado de su solemne túnica adornada con franjas de piel de leopardo, el aspecto del anciano resultaba patético, y la forma en que destacaban las costillas sobre su escuálido torso recordó a Kabindji las espinas de los pescados que Tswama salaba y colocaba al sol para que se secaran. Incomprensiblemente, el muchacho sintió una punzada de lástima por aquel hombre. Lástima por el asesino de sus padres.

–¡Deténte, Kysanto! –gritó Kabindji–. Ya no podrás escapar.

Capítulo vigésimo tercero

La artimaña

–¡VAYA, pero si es mi *sobrino!* –Kysanto recalcó la palabra *sobrino* en tono sarcástico.

–He venido a buscarte –respondió Kabindji aproximándose con precaución.

Visiblemente agotado, el anciano se dejó caer sobre la mullida hierba y permaneció allí sentado, resoplando con fatiga y tosiendo. Cuando hubo recobrado un poco el resuello, habló de nuevo:

–Has venido tú solo, ¿eh? Claro, ningún bowassi habría aceptado unirse a un botshuá para dar caza a un hermano de su propia sangre... Al menos deberías haberte hecho acompañar por alguno de tus esmirriados hermanos de raza. Así es como soléis atacar los botshuá: en manada. Como las hienas.

–No he venido para acabar contigo –respondió muy serio Kabindji–. Voy a recuperar mi talismán y luego te conduciré de vuelta al poblado. Mejor dicho, te conduciremos. Te aseguro que tus hermanos bowassi están de camino y no tardarán en aparecer. Yo me he adelantado.

–*Me he adelantado* –repitió el anciano en tono de burla, elevando al mismo tiempo los brazos con gesto de resignación–. ¡Qué tontería! Como si un miserable pigmeo con las piernas más cortas que un *ntángo*[18] pudiese correr más rápido que los mejores guerreros de mi pueblo... –en medio de sonoras risotadas añadió–: Un repugnante enano, a quien yo mismo salvé la vida y di cobijo en el seno de mi propia familia, pretende matarme ahora. Resulta muy divertido...

Las carcajadas del anciano se vieron súbitamente interrumpidas por un severo acceso de tos. El joven se acercó a una docena de pasos del consejero y allí se detuvo, observándole: el fugitivo parecía desarmado e indefenso. Kabindji, en cambio, sostenía su machete en actitud amenazadora.

–Te repito que no tengo intención de matarte –musitó el pigmeo–. De eso se encargarán tus propios hermanos, que te juzgarán y condenarán por tus crímenes.

–¿Crímenes? ¿Acaso amar a tu pueblo es un crimen? ¿O es un crimen luchar contra los enemigos de tu gente? Al revés. Deberían colmarme de honores y devolverme al consejo de ancianos. Siempre he sido fiel a los bowassi.

–Lo que tú llamas amor a tu pueblo no es más que un pretexto para justificar tus intrigas y tus asesinatos. Devuélveme lo que me has robado y volvamos a ese pueblo que tanto dices amar.

–Pero ¿es que no tienes sangre en las venas? –gritó el anciano, repentinamente furioso–. Estás demostrando tú mismo lo poco que vale tu raza. Tienes ante ti al responsable de la destrucción de tu gente y de la muerte de tu familia. Yo mismo degollé a tu madre con mis propias manos..., pero no

[18] *ntángo (Photamochoerus porcus):* pequeño jabalí que vive en manadas de hasta cuarenta individuos.

haces nada. Te quedas ahí parado, mirándome con odio y con un machete en la mano, pero sin atreverte a usarlo... ¡Tienes miedo! Eres un cobarde, como todos los tuyos, que se dejaron exterminar como ratas. Yo soy viejo y estoy desarmado, pero valgo mil veces más que tú –y tras una breve tos añadió–: Yo soy un bowassi.

Kabindji tuvo que apretar los dientes para resistir la cólera que le impulsaba a abalanzarse sobre el infame viejo y emprenderla a machetazos con él. Se acercó más, tratando de no prestar atención a la lluvia de palabras ofensivas que profería aquel hombre, aparentemente empeñado en provocarle:

–No vales nada. Nunca conocerás el significado de palabras tales como honor, orgullo, valor y...

El viejo tuvo que interrumpirse debido a un acceso de tos particularmente violento. Se llevó la mano a la boca y se dobló sobre sí mismo, presa de fuertes espasmos que parecían a punto de ahogarle. Kabindji se acercó intrigado. Kysanto debía de estar más enfermo de lo que siempre había aparentado. Con suma precaución, el chico extendió el brazo hacia el consejero, aunque sin atreverse a tocarle. De repente, el viejo levantó la cabeza y escupió con fuerza. De su boca surgió una densa nube de color rojizo que fue a parar directamente a la cara del desprevenido muchacho.

Lo último que vio Kabindji fue la mirada de triunfo de unos ojos crueles. Luego, un ardor insoportable le obligó a soltar el machete y llevarse ambas manos a los ojos, gritando de dolor.

El escozor era intolerable. Consciente del peligro que representaba su ceguera, Kabindji intentó alejarse del viejo, dando traspiés. A pesar de su sufrimiento abrió los ojos: tan sólo podía ver una gran mancha roja. Parpadeó varias veces e hizo un esfuerzo por aclararse la vista, sin resultado. Entonces se agachó y buscó a tientas su machete.

–No te molestes –dijo una voz clara y sin el menor vestigio de tos–. Lo atrapé al vuelo, pues conocía de antemano cuál iba a ser tu reacción. Por si te consuela saberlo, te diré que a mí me arde la boca tanto como a ti los ojos, pero no tenía otra elección. Es una vieja receta que aprendí siendo joven, un emplasto de hierbas venenosas que me metí en la boca fingiendo ese ataque de tos. La verdad es que nunca pensé que tendría que utilizarlo de este modo. Ahora, además de tu talismán, tengo tu machete. Tú, en cambio, estás desarmado y ciego. Pero eso ya no debe preocuparte...

Kabindji sintió que el viejo se acercaba; hasta pudo oler su aliento agrio cuando añadió:

–Dentro de un instante, habrás muerto.

El joven pigmeo comprendió que no podría defenderse estando ciego y con las manos desnudas, así que decidió retirarse. Recordaba que se hallaban en el centro de un extenso calvero cubierto de vegetación baja y matorrales. Se esforzó por reconstruir en su memoria la disposición exacta del terreno por donde habían venido, pero fue incapaz: había girado varias veces sobre sí mismo desde que perdió la visión, de modo que ya ni siquiera estaba seguro de poder iniciar la huida en la dirección correcta. Se sentía completamente desorientado. Pese a ello, se irguió y emprendió una veloz carrera. Una loca escapada a ciegas en la que sólo podía contar con su agilidad, su juventud y tal vez su intuición.

Corría con los ojos muy abiertos, esforzándose por ver más allá del espeso velo rojizo que flotaba ante ellos. Poco a poco comenzó a distinguir algunas formas vagas, apenas unas sombras oscuras que destacaban sobre un fondo algo más claro. No era suficiente para evitar los obstáculos, de modo que pronto tropezó con una gruesa raíz que sobresalía del suelo y cayó de bruces en medio de un montón de arbustos espinosos que laceraron su piel.

Sin importarle los arañazos, Kabindji se puso rápidamente en pie dispuesto a continuar su carrera, pero oyó a sus espaldas una especie de alarido que le dejó paralizado de sorpresa y terror. El sonido se había producido a poca distancia y parecía una mezcla de voz humana y animal a un mismo tiempo, un coro sobrecogedor en el que se entremezclaban el grito de agonía de un hombre y otra cosa que, desde luego, no procedía de una garganta humana. Y esa otra cosa resonó como un gruñido que se elevó hasta acabar en una nota aguda y discordante que Kabindji conocía bien.

Era el rugido de un leopardo enfurecido.

Kabindji sintió que le temblaban las piernas. Había oído algunas leyendas que hablaban de hombres capaces de convertirse en leopardos. ¿Sería el viejo Kysanto una de esas criaturas malditas cuyas historias tanto asustaban a los niños en las aldeas? En cualquier caso, correr ya no tenía sentido alguno. Incluso podía ser contraproducente, pues todos los habitantes de la selva saben que una huida suele desencadenar el ataque inmediato de cualquier felino. Ante aquella situación, el muchacho decidió dar media vuelta para hacer frente a su atacante, ya fuera hombre o leopardo.

Pero nadie venía.

A pesar del continuo lagrimeo que enturbiaba sus ojos, la visión de Kabindji se aclaraba por momentos; las formas confusas se iban enriqueciendo con algunos detalles que se enfocaban paulatinamente en su retina, aunque casi hubiera preferido permanecer ciego para no tener que ver la espantosa imagen que surgía ante él: Kysanto yacía en el suelo, y su cuerpo se agitaba de cuando en cuando con algún estertor agónico. Encima de él, con las mandíbulas aún cerradas sobre el delgado cuello del anciano, un enorme leopardo se mantenía absolutamente inmóvil, con la salvedad de los nerviosos latigazos de su cola.

Durante largos segundos, los tres protagonistas de aquella extraña escena permanecieron inertes como estatuas. El joven pigmeo no se atrevía ni siquiera a respirar por miedo a atraer la atención de la fiera. Sin embargo, el animal giró la cabeza y le miró. Luego abandonó el cadáver del hermano de Tswama y se acercó a Kabindji con paso tranquilo. Llevaba en la boca algo que el muchacho no podía distinguir aún con claridad. El leopardo se detuvo frente al chico y depositó a sus pies aquello que transportaba en sus fauces. Luego sacudió la cabeza y se alejó. Con mano temblorosa, Kabindji se agachó para recogerlo, y apenas tocó su lisa superficie supo que aquel objeto manchado por la sangre de Kysanto no era otra cosa que el *biyambá-yambá*.

Su *biyambá-yambá*.

Lo limpió cuidadosamente con hierba y se lo colocó de nuevo sobre el pecho. Después lanzó una postrera mirada al hombre que tantas muertes y sufrimientos había ocasionado a lo largo de su vida, ahora reducido a unos simples despojos: apenas un poco de carne y un montón de huesos. ¿De qué le había servido todo el mal que había sembrado a lo largo de su existencia?

Kabindji movió la cabeza, como solía hacer cuando estaba perplejo, pero decidió que habría que enterrar aquel cuerpo; incluso un hombre como Kysanto merecía cierto respeto después de muerto.

La suave brisa que soplaba del sur transportaba hasta los oídos de Kabindji las lejanas voces de los bowassi que se aproximaban ya al borde del calvero. Muy despacio, caminó hacia ellos. No tenía miedo a volver a encontrarse con el leopardo, pues a pesar de su transitoria pérdida de visión había descubierto que aquel animal era en realidad el mismo al que se había enfrentado para salvar a Bwanya: le faltaba parte de la oreja derecha.

Epílogo

AL llegar a este punto de su relato, el anciano Moi-Bokilá se detuvo. Había hablado sin cesar durante toda la noche, pero de repente parecía haberse quedado sin combustible, como si el hilo conductor de sus recuerdos se hubiera quebrado de golpe. Tras aguardar en vano durante unos instantes, decidí intervenir:

–La historia que acabas de relatar es muy extraña –le dije–. La cuentas con demasiado detalle como para no haber tratado personalmente a alguno de los protagonistas. Supongo que conociste a ese Kabindji.

Moi-Bokilá tardó varios segundos en responder. Hurgó con un palo en los rescoldos apagados de la hoguera y luego se encogió de hombros:

–¿Conocer yo a Kabindji? Bueno, supongo que al menos lo conozco en la medida en que todos nos conocemos a nosotros mismos...

–¿Quieres decir... que tú eres Kabindji? –pregunté asombrado.

–Kabindji es el nombre que me pusieron los bowassi cuando me adoptaron: Mi verdadero nombre botshuá siempre ha sido Moi-Bokilá.

Le miré de arriba abajo a la luz anaranjada del amanecer. Así que era él mismo. No sabía si sentirme defraudado o entusiasmado. El protagonista de aquella increíble historia, el poseedor del mítico *biyambá-yambá* era ese anciano sentado tranquilamente a mi lado. Sentí la necesidad de hacerle mil preguntas acerca de cómo acabó su aventura.

–¿Qué pasó con Bwanya, con Muswambu, con el talismán...?

–Espera, espera... No preguntes tanto. Te prometí una historia y creo que he cumplido mi promesa. Ya es de día y me espera mucho trabajo. No tengo nada más que añadir.

–¡No puedes hacerme esto! –protesté–. Siento mucha curiosidad por saber cómo acabó todo. No me iré de aquí si no me lo dices.

El viejo se puso en pie y comenzó a recoger los restos de la cena de la noche anterior. Le oí refunfuñar algo acerca de que los hombres blancos somos todos igual de cabezotas. Luego atrancó cuidadosamente desde fuera la entrada de la choza.

–Es por las civetas –aclaró–. El olor de la comida las atrae y lo revuelven todo.

Se ciñó un fino cinturón de piel, del cual colgó un viejo machete, y se puso en marcha hacia el otro extremo del claro. Me extrañó que no se despidiera de mí, y llegué a pensar que tal vez le había ofendido con mi insistencia. De repente volvió la cabeza y dijo:

–¿A qué esperas? ¿No tenías tanta curiosidad? Pues acompáñame y conocerás el final de mi relato.

El viejo pigmeo me condujo a través de un sendero ancho y bien marcado. Mientras caminábamos, decidió tomar de nuevo la palabra:

–A veces se me olvida, pero cuando era muy joven yo también sentía mucha curiosidad..., casi tanta como tú. Por eso le pregunté a Muswambu si el brujo Nkoba tenía alguna marca en la oreja derecha.

–¿Y qué contestó?

–Se echó a reír. Dijo que Nkoba difícilmente podía tener una marca en la oreja derecha, por la sencilla razón de que le faltaba casi entera. La había perdido de pequeño, por la mordedura de un mono.

–O sea, que Nkoba era...

–¡Shh! ¡Mira!

Acabábamos de salir del bosque y ante nosotros se extendía una amplia llanura en cuyo centro se alzaba una aldea elegante y populosa.

–Ahí lo tienes: el final de tu historia –anunció haciendo un amplio gesto con la mano–. Ésa es Bongwana. Mi verdadero hogar.

Durante unos instantes admiré extasiado la belleza de aquel paradisíaco poblado. Sus casas, pequeñas aunque bien construidas, se alineaban armoniosamente a la sombra de palmeras y otros árboles. Las calles, limpias y aireadas, discurrían según un trazado caprichoso y agradable. Los hombres y las mujeres iban ataviados con llamativos *limputa* de colores vivos, y en el aire flotaban agradables olores a comida y a hierbas aromáticas. Me pareció imposible que un lugar tan apacible hubiera sido en el pasado el escenario de aquella terrible matanza de los bowassi. Mi acompañante debió de leer mis pensamientos, porque se apresuró a aclarar:

–Nosotros reconstruimos todo esto. Nos llevó varios años de penoso esfuerzo, aunque creo que el resultado ha merecido la pena. El viejo Muswambu nos ayudó, aunque luego prefirió marcharse al poblado del este. Insistí para que se quedara con nosotros, pero dijo que ya había pasado demasiados años en este lugar... Yo sospecho que cierta mujer botshuá tuvo mucho que ver en su partida.

–¿Y qué ha sido del *biyambá-yambá?* –pregunté señalando su pecho desnudo–. Veo que no lo llevas puesto.

Pensativo, el viejo Kabindji se palpó varias veces el lugar imaginario donde debería encontrarse el talismán y dijo:

–Lo perdí cierta noche. Sucedió de forma extraña..., pero supongo que esa historia te aburriría...

La mirada implorante de mis ojos ávidos bastó para convencerle de mi interés.

–¡Está bien! –refunfuñó–. Yo dormía plácidamente en esa pequeña cabaña que tú ya conoces, cuando me desperté con una sensación inquietante. No podía ver ni oír nada anormal, pero estaba seguro de que había alguien más allí, conmigo. Entreabrí la puerta para que la luz de la luna iluminase un poco el interior de mi choza, y entonces pude entrever el escamoso cuerpo de una gran serpiente que se deslizaba por la abertura y desaparecía en la noche. Al llevarme la mano al pecho en un gesto instintivo descubrí que el *nkamba* estaba vacío: el talismán había desaparecido. Durante varios días intenté en vano seguir el rastro de aquella serpiente, pero a pesar de mi empeño fui incapaz de dar con ella. Supongo que el *biyambá-yambá* se encuentra ahora donde debe estar.

–Hay otra cosa que no logro entender. Pudiendo vivir en una aldea tan agradable, ¿por qué te aíslas en una choza diminuta y solitaria?

Kabindji-Moi-Bokilá soltó una carcajada, tras lo cual me propinó un suave codazo en el estómago.

–Se nota que todavía eres joven y no sabes lo que significa tener una familia numerosa. Soy un cazador, y nunca he podido acostumbrarme del todo a vivir rodeado de mujeres, hijos y nietos ruidosos. Por eso me escapo de cuando en cuando a mi pequeño refugio. Allí vuelvo a respirar en silencio el aire húmedo del amanecer, cuando las rapaces nocturnas efectúan su último vuelo y los insectos de la noche callan... Pero no me hagas caso y sígueme. Ahora conocerás a Bwanya, la madre de mis hijos. Ya no es tan joven como entonces, pero yo siempre le digo que no está nada mal para ser una bowassi.

Índice

Títulos publicados

1. Robert Swindells, *Calles frías*
2. Heinz Delam, *La maldición del brujo-leopardo*
3. José María Latorre, *Una sombra blanca*
4. Oriol Vergés, *Un pueblo contra los Hamid*
5. Anja Tuckermann, *Muscha*
6. Manuel L. Alonso, *Malos pasos*
7. José Luis Velasco, *Atrapado en la oscuridad*
8. Käthe Recheis, *Londres, 13 de julio*
9. Alfredo Gómez Cerdá, *El beso de una fiera*
10. Concha López Narváez y Carmelo Salmerón, *El visitante de la madrugada*
13. Fernando Lalana, *El paso del estrecho*
15. Heinz Delam, *La selva prohibida*
16. Jordi Sierra i Fabra, *Retrato de un adolescente manchado*
17. Uri Orlev, *Soldados de plomo*
18. José María Latorre, *La leyenda del segundo féretro*
19. Els de Groen, *Casa sin techo*
20. Eliacer Cansino, *El misterio Velázquez*
22. Jordi Sierra i Fabra,
    Un hombre con un tenedor en una tierra de sopas
24. Vicente Muñoz Puelles, *La isla de las sombras perdidas*
26. Christian Grenier, *El ordenador asesino*
27. Heinz Delam, *Likundú*
28. Concha López Narváez y Miguel Salmerón, *Hola, ¿está María?*
29. José María Latorre, *Pueblo fantasma*
30. Alfredo Gómez Cerdá, *La última campanada*

31. José Ramón Ayllón, *Vigo es Vivaldi*
33. Jordi Sierra i Fabra, *97 formas de decir «te quiero»*
34. Carmelo Salmerón, *La Rueda de Satán*
35. Zoran Drvenkar, *El hermano*
36. Alfredo Gómez Cerdá, *La luz de las estrellas muertas*
37. Luchy Núñez, *¿Quién dijo viejo?*
38. Juana Aurora Mayoral, *Seis cerezas y media*
39. Santiago Herraiz, *Amordazados*
40. José María Latorre, *La mano de la momia*
41. Marisol Ortiz de Zárate, *Los enigmas de Leonardo*
42. José Ramón Ayllón, *Diario de Paula*
43. Concha López Narváez, *Los pasos del miedo*
44. Santiago Herraiz, *Jaque en la red*
45. Marcos Maldonado, *Escrito en la frente*
46. Fernando Lalana, *Amnesia*
47. Jordi Sierra i Fabra, *En una esquina del corazón*
48. Évelyne Brisou-Pellen, *Veneno y chocolate*
49. Roberto Vivero, *Hello Goodbye*
50. Heinz Delam, *La noche de las hienas*
51. Marcos Maldonado, *El depredador*
52. Jordi Sierra i Fabra, *Sin tiempo para soñar*
53. Carolin Philipps, *El precio de la verdad*
54. An Alfaya, *La sombra descalza*
55. Francisco Díaz Valladares, *La venganza de los museilines*
56. José María Latorre, *Después de muertos*
57. Marcial Izquierdo, *El último día de mi vida*
58. Francisco Díaz Valladares, *El último hacker*
59. Carlos Puerto, *Con zumo de mango*
60. Jordi Sierra i Fabra, *Los olvidados*

PARALELO CERO

*Este libro se terminó
de imprimir en los
talleres gráficos
de Unigraf, S. L.,
en el mes de septiembre de 2008.*